SHANGHAI LITERATURE & ART PUBLISHING GROUP

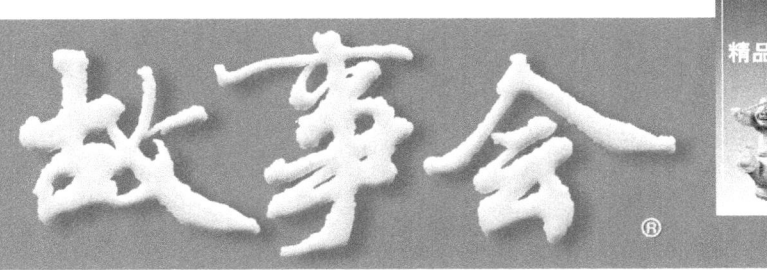

故事会
精品系列

财富故事

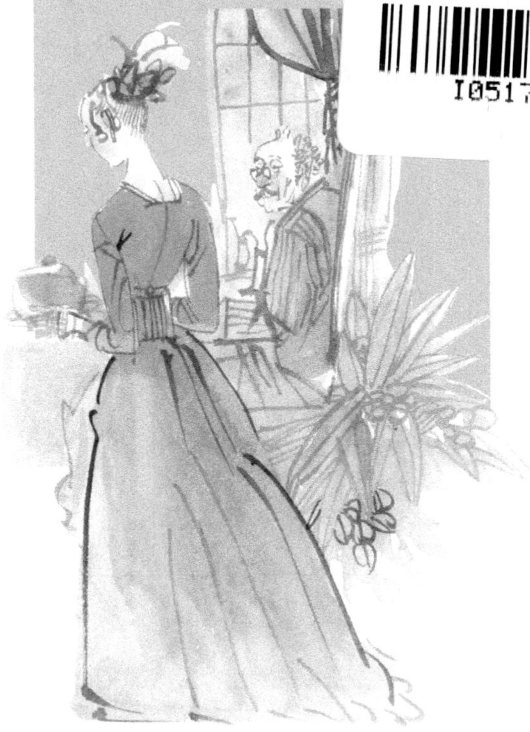

上海锦绣文章出版社
上海故事会文化传媒有限公司

上海文艺出版（集团）有限公司

图书在版编目（CIP）数据

财富故事 《故事会》编辑部编 – 上海：上海锦绣文章出版社
（故事会精品系列） ISBN 978-7-5452-0271-7

Ⅰ．①财…Ⅱ．①故…Ⅲ．①故事 作品集 中国 当代 Ⅳ．I247.8

中国版本图书馆 CIP 数据核字 (2009) 第 028893 号

丛 书 名：故事会精品系列

书　　名：财富故事

主　　编：何承伟

编　　委：何承伟　　吴　伦　　姚自豪　　夏一鸣

责任编辑：刘迎曦　　鲍　放

装帧设计：王　伟

责任督印：张　凯

出　　　　版：　上海锦绣文章出版社

　　　　　　　上海故事会文化传媒有限公司

POD 海外发行：　中国图书进出口上海公司

　　　　　　　电话：021-36357888

　　　　　　　传真：021-36357896

　　　　　　　地址：上海市虹口区广中路 88 号

　　　　　　　邮编：200083

目　　录

追 金 梦 想

攫取本是人类最自然的欲望。婴
儿不总是伸出小手去抓他们喜爱的一
切么？人的占有欲是从来不会停止不
前的。

张三行窃

　　张三是个农民，虽然日子穷点，但勤劳本分，名声也很好。

　　这年夏天，天又热又旱。一天半夜，张三在田里车完水，到小河里洗澡，洗完爬上岸，坐在柳树下乘凉。忽然他看见地上有顶又尖又高、样儿怪怪的帽子，觉得很有趣，就拿来戴在头上。

　　第二天，张三为了遮挡太阳，戴着这顶帽子下地干活去了。中午，老婆来喊他吃饭，到田里一看，只见水车在转，水在流，却不见人；牛在走，田在耕，也不见有人。老婆吓得掉头就跑。

　　过一会，张三肚子饿了，回到家吃饭，老婆只见桌上饭碗在动，筷子夹来夹去，就是不见人影，唬得一屁股坐在地上。张三从头上拿下帽子，老婆才看见了他。他们一下子明白了，这是一顶能隐身的宝帽！两人立刻来了精神，想着自己家穷，正可以用这宝贝发点财。

第二天,张三就戴着帽子去行窃了。说是行窃,其实就是到人家店里去拿东西,反正没人能看见。先去偷当铺的银子,又去偷布店的绸缎,次次成功。当铺、布店伙计都感到奇怪,银子布匹少了,可就不见可疑的人来过,只好去报官。官府派了捕快坐守在店里,可东西照常失窃,这下连官府也没辙了。

张三一夜间富了起来,造了楼,也买了田,还雇了帮工。以前的穷朋友们都来巴结他,他也不吝啬,常拿出钱粮来接济大伙,于是他的名声更好了。

张三为了安全,不再偷当地的店铺了,改偷外地的富户,依旧是次次成功。只是有一次,他偷了东西在路上走,一阵风吹来,帽子被刮落在地上,张三的身影突然在人群中出现,他忙捡起帽子,又戴在头上,于是他的身影又一下子不见了。人们一阵惊奇,这件事于是纷纷扬扬地传开了。

张三回到家,心有余悸地对老婆说起这件事,老婆担忧地说:"我们已吃穿不愁,就不要再去偷了吧?"可张三已经偷上了瘾,哪肯歇手!他说:"反正下回我小心点就是了!"

老婆不放心,拿着那顶帽子细细查看,发觉帽檐处有一段脱线了,忙替他重新缝上。

过了一段日子,张三又戴上帽子,一晃一晃地去布店偷布了。布店少了几次布后,重新警觉起来,上上下下都留意了。不久,他们发觉每次少布时,都有一根蓝线从店里飞进飞出,断定这蓝线一定与窃贼有关,便告知了官府。几天后,蓝线又出现了,守在那里的捕快眼明手快,伸手一抓,将悬空飞着的蓝线揪住,也就把那顶帽子给抓落了。张三肩背布匹出现在人们跟前,人赃俱获。

张三被官府抓获后,判了斩刑,张三家也就败落了。

(阮嘉明)

(题图:蔡解强)

上头香

所谓"上头香",就是在大年初一这天,头一个到寺庙里去点燃香火,时间要早,最好是早上零点时分。老百姓拜菩萨上头香,只是想图个吉利,希望在新的一年里风调雨顺、吉祥如意。

不过那个时候老百姓家里没有钟,想上头香可不容易。

有个地方叫王家庄,庄里有个人叫王有才,平时好吃懒做,偶尔才出去打打猎,弄点野味解解馋,可是却整天做着发财梦。

有一天,王有才实在没吃的了,只好去打猎,发现以前挖的陷阱里掉进一只兔子,他喜出望外,兴冲冲将兔子拎回了家。

王有才操起刀子,正准备对兔子开膛破肚,不料兔子说话了:"你不是想发财吗? 只要你放了我,我就指点你一条发财路。"

王有才一惊:"真的吗? 你倒是说说,如何才能让我发财?"

兔子说:"离庄子三十六里的地方,有座小寺庙。你大年三十晚赶过去,只要在三更时分准时点燃香火,来年一定发大财。"

王有才一听惊喜万分,可想了想又不由叹道:"要想准时赶到谈何容易,我怎么知道是三更时分呢?"

兔子说:"这个你不用担心。你先在庙外等着,到时候庙里的蜡烛会自己点燃,你看到烛光立刻进去把香点着,就成了。"

王有才听了说:"好吧,那我今天不杀你。可也不能放你,等我发了财,我自会让你自由的。"说完,他把兔子关进了笼子。

转眼到了大年三十,王有才急冲冲赶到兔子说的那座寺庙门口,见庙里黑乎乎的,于是就坐在庙门口等。等啊等,他不知不觉睡着了……

突然,庙里的蜡烛点燃了,亮堂堂一片。就在这时,王有才醒转过来了,他睁开眼睛,看见一个英俊潇洒的年轻人从庙里走出来,他心里恨哪:好啊,这小子居然抢在我前面上了头香!

王有才只好垂头丧气地回到家里,兔子问他:"上了头香没有?"王有才把经过说了一遍,兔子问那人长什么样,王有才说了,兔子嘴巴动了动,想说什么,但忍住了。

第二年的大年三十晚上,王有才又赶到了寺庙门口,这次他不敢睡了。他等啊等,终于,庙里的蜡烛亮了,王有才急忙跳起来,可是奔进庙里一看,他气坏了:还是上次看到的那个年轻人,正笑眯眯地从里面走出来!王有才恨得咬牙切齿,气呼呼地回家把事情经过告诉了兔子。兔子嘴巴动了动,想说什么,又忍住了。

连续两年没上成头香,王有才心急如焚。到了第三年的除夕,他特意起了个大早,赶到寺庙门口,从早上一直等到晚上蜡烛亮起来。王有才想:这次那小子总不会再抢在我前面了吧?可当他刚兴冲冲跨进庙里,就呆住了:熟悉的面孔,熟悉的衣着,还是那个年轻人,比王有才早到了一步!

王有才心想:只要这个臭小子在,自己就不可能上头香,不可能发大财!哼,休怪我心狠手辣,这都是被你逼的!想到这里,王有才搬起一块大石头,悄悄走到那年轻人身后,举起来就朝他头上狠狠砸了下去……

回到家里,王有才对兔子说:"这次我又没能烧上头香,不过明年准成。"兔子一声不吭地盯着王有才,它默默地淌下两滴眼泪,突然一头撞死在铁笼里。

接下来的一年里,王有才天天盼着过年,虽然他杀了人,心里有点害怕,但一想到明年就能上成头香,就能发大财,就能腰缠万贯,他就兴奋得什么都忘了。

大年三十很快就到了。这天晚上,王有才直奔那座小庙,当三更时分庙里的烛光亮起来时,王有才大步跨进庙里,这次他终于点成了头香。他开心啊:我终于要发大财啦!

可是,当王有才刚将头香插进香炉,突然有人在他肩上拍了一下,他回头一看,只见去年被他砸死的那个年轻人,正面色惨白、双眼血红地盯着他看。王有才顿时吓得魂飞魄散,大叫一声:"救命啊,有鬼啊!"随即撒开双腿,连滚带爬,向家里逃去。

逃回家里,王有才就病倒了,不久就奄奄一息。

恍惚中,他看见那只兔子跑进房内,化为一个老妇人,眼泪汪汪地对他说:"不瞒你说,在庙里被你砸死的那个人,是我的儿子啊!财神爷派他每年大年三十晚上在庙里点燃蜡烛,等待前去上香的人,可你却误认为他是在跟你争着上头香。其实你只要走过去看看就明白了,那香炉里根本就没有香。每次你都是第一个去上香的人。我当时没有告诉你真相,因为那是天机。唉,谁让你财迷心窍,害了不该害的人,现在阎王命我带你上路去了啊!"

一个月后,庄里人发现,王有才已经死在了家中……

(沈光辉)

(题图:黄全昌)

财迷心窍

这阵子,小丁迷上了彩票,体彩、福彩都买,真到茶不思、饭不想走火入魔的地步了,张口闭口不离"号码、中奖、发财"这几个词儿。

每天小丁一进办公室,总会热血沸腾地向大家义务播报行情:"同志们,这期已经到了六百万了!""哇!这期到了八百万!""老天!这期突破了一千万!"然后坐在自己位子上,不时发出"嘿嘿嘿"、"呵呵呵"的傻笑。

同事们都劝他,特别是老杨,有机会就对他叨咕:"彩票这事儿玩玩也可以,但不能陷进去呀,毕竟赚钱的少。"可小丁听了不以为然,相信自己成为百万富翁只是迟早的事。

俗话说:城门失火,殃及池鱼。几个同事常常被小丁搞得哭笑不得,他会突然拉住你提一些稀奇古怪的问题。

比如一次小丁突然问小李:"昨晚你老婆炒了几个菜?"小李一愣,挠挠头说:"三个呀,油焖茄子、醋熘黄瓜……"小丁立即打断他说:"行啦,没问你炒的啥。"说着,拿笔在纸上写了个"3"。

他又走到小丽跟前:"情人节你男朋友给你送了几朵玫瑰?""九朵!"小丽得意地说,"好大好靓的九朵玫瑰呢!嘻嘻,我那个阿强呀,他就是……"小丁自言自语:"九朵?嗯,不错,天长地久,永发大财,'九'错不了!"说着,又记下了个"9"字。

然后,小丁问:"老杨,问个小问题别生气,你老婆在结婚前和几个男人谈过恋爱?"老杨是个传统派,一听这话,有些生气地说:"你问这是啥意思?"小丁呵呵一笑:"没啥意思,就问问……哎,快说啊!"老杨吞吞吐吐地说:"哼,我老婆当姑娘时,连跟男青年讲话都脸红……""哎呀!别不好意思啦,我可没打你老婆的主意!"小丁把自己的椅子搬到老杨跟前,"说吧,几个?"

后来,大伙总算闹明白了,敢情是小丁又弄出了一套什么选号法。

却说这天,小丁一进办公室,只见他满脸通红,两眼放光,大喊道:"我发财了!哈哈,发大财了!"大家面面相觑,难道这小丁误打误撞真中奖了?

小丁继续兴奋地喊道:"嘿嘿!连你们这次也跟着发点横财!我要犒赏三军,同志们每人都有一份!"

小丽忙问:"小丁,你中了?"

小丁头一扬:"差不多!"

大伙懵了,不明白这"差不多"到底是中了还是没中。

小丁拿着纸笔,走到老杨跟前:"老杨,你是几月出生的?""又搞什么鬼呀?"老杨警惕地问。小丁笑道:"你这个老同志真麻烦,就问个出生月份,我还能搞什么鬼?"老杨这才说道:"三月。""好!"小丁一拍桌子,"我给你三万块!嗯,接下来数赵姐大了,赵姐你是几月出生的?""二月呀!"赵姐一向对小丁玩彩票的事不屑一顾,可刚才一听到那个万字,一颗心也不由"咚咚"跳起来。小丁豪爽地说:"我给你二万块!小李,你是几月份?"小李见小丁说话不伦不类,虽说不清楚到底是怎么回事,可灵机一动,心想不管怎样总不会是坏事,把数说得越大越好,忙道:"我是十二月份,嗯,十二月底。""十二月……"小丁说,"那要把前面掐了,也只能给你二万块,可惜,可惜!小丽你呢?"小丽是个聪明姑娘,忙说:"我是九月份!"接下来的几个同事,连着两个人都报了九月,最后那人觉得再报九月份有点说不过去,就报了个八月。老杨和赵姐这时也看出了门道,气得直跺脚,后悔刚才报的数字太小了。

大家报好了出生月份,就一个个张飞穿针般的瞪圆了两只眼珠子瞅着小丁,看他下面怎么安排。谁知,小丁把七个数字记下来后,蹦蹦跳跳地跑了。刚出门,又回过头来,冲大家怪声怪气地喊了句:"拜拜——"

这一下大家不干了,原来小丁是拿咱们寻开心呀!赵姐嚷嚷起来:"我早就说过了,彩票这玩意儿赚钱靠不住,弄不好就搞得跟个精神病似的……"

第二天早上,大家上班后迟迟不见小丁人影,直到快十点的时候,他来了,耷拉着脑袋,明晃晃的小分头也乱了,脸色铁青,像是刚挨了一顿痛揍。他沙哑着嗓子问:"你们昨晚看电视没有?"大家见他那模样,谁也没敢答话。

"我问你们!"小丁两眼通红,大声说,"我问你们,昨晚六点半彩票现场抽奖,看了没有?"

小丽冲小李一努嘴,小李壮着胆子说:"没有,都没看!小丁,你……""好!"小丁一拍桌子,冲小李说:"小李,你到底是几月份生的?"小李看小丁那模样,哪敢再撒谎,说:"我是五月份出生的。"小丁又转向小丽:"小丽,你是几月份?说实话!""我、我是一月份。"小丽小声说，"人家逗你玩玩嘛！"还有三个同事也哆哆嗦嗦地说了实话。

小丁一屁股坐在椅子上，抬头望着天花板，喃喃地说："财神爷，我就知道您不会骗我，我就知道您不会骗我……前天您托梦告诉我，这期的中奖号码是七个同事的出生月份，按年龄大小排，一点不错！"

他脸色一变，又大声说道："你们七个人的出生月份连在一起，是3251674，昨晚摇出来的七个中奖号码就是3251674！五百万哪，整整五百万哪……"小丁的声音跟快哭了似的，"我本想中了大奖每人分一份，没想到你们这些家伙为了多得些，竟然谎报自己的出生月份！这下好了吧，大家都是屁也没有……"说到最后，小丁又委屈又气愤，眼泪都流了出来。

没想到事情原来是这样的，大家你瞅我、我瞅你，都傻眼了。最后，老杨走上前，讪讪地说："小丁，这也怪不得咱们呀！这事要怪，得怪财神爷安排不周，他老人家应该知道咱们凡夫俗子本来都是财迷心窍、见钱眼开的呀！"

（芦宏伟）

（题图：黄全昌）

宝　地

这一年大旱，有两个多月不曾下雨。

这天，周老庄的周明清像往常一样在坡上放羊。他拿了一把镐，在阴凉处拣了个略显潮湿的地方挖了个坑，想挖出一点水来好喂牲口。可是几镐下去，却挖到好大的一块古砖，上面还有许多古里古怪的花纹；再挖，又是一块。周明清好不欢喜，自言自语道："这砖用来砌羊圈真是再好不过了。"

他接着又往下挖，这一挖却吓傻了。原来古砖下面有好大一个洞，里面黑森森的，冷气直冒。嗬，是个古墓！周明清一下紧张起来，前后左右望了望，见没人，赶紧用树枝将洞口堵了，按原样盖上土。

熬到夜深人静，他拿了手电钻进洞里，一看，里面的规模还不小,墓室的门上竖写着几个字,是篆体,他只认出"周公"两个字。他念过几年书,猜想这不是"周公旦"就是"周公瑾"的墓,无论是哪一个,里面的财物一定不会少。他决定不挖了:眼下三个儿子还小,财物挖出来没地方放,不如等儿子们长大读书、成亲需要用钱的时候再来动它。这样想着,周明清就将古墓给牢牢堵死了。他决定这事就自个知道,连老婆都瞒着。

古墓是没挖,可周明清家的日子从此就过得不一样了。本来周明清是个穷汉,家无隔夜粮,加上孩子多,年年粮食不够吃,村里没几个人看得起他,他也自觉矮人一等。可自打发现了这个古墓,他说话的口气就大不一样了:"嗨,土粪堆还有发热的时候。老子现在有的是钱,怕什么?"他还有意当着外人的面对三个儿子说:"你们都给老子好好念书,只要有出息,用钱自然不在话下,要多少给多少。"

周明清那三个儿子,平时一个个就像小老鼠,灰头灰脑的,现在听父亲说话口气这么大,自然也就长了不少底气,一个个腰杆都挺直了起来。村民们虽不相信周明清能有什么钱,但看他这么理直气壮的样子,也有点摸不着底。只有他的一个堂兄死活不信:"痴话,鬼才信他!"

不管堂兄怎么说,自打生活中有了这个等待,周明清的日子的确过得和以前不一样了。为了把古墓隐藏得更好,他一狠心把自家在村里的房子拆了,在古墓旁边盖了一个土坯房,又在房后建了一道围墙,把古墓围在院里;为了掩饰,他还不断在院子周围栽树植藤,年年月月不曾稍歇。这一来,他家前庭后院还真成了气候:绿树成阴,鸟语花香,一家人进进出出,有花有果有香味,好不惬意。若干年后,三个儿子都长大成人,一个做官,两个经商,家里人强马壮,六畜兴旺,这日子过得还真是有滋有味!

村里人见周家这景象,真不敢小看,连堂兄都说:"嗨,土粪堆这回可真的发热啦!"

其实,周明清三个儿子在读书成亲的关口都很需要用钱,周明清不止一次起过挖古墓的念头,只要墓里的东西一出来,就能换成一摞一摞现成的票子。但是每次周明清都不敢付诸行动:眼看着家里的境况是"倒吃甘蔗上楼梯——步步高来步步甜",这会不会是我护墓有功,积了阴德?如是,我岂能再动这个手?所以,他决定把这个秘密牢牢锁在心中。

但年事不饶人,加上多年的劳累,积劳成疾,周明清终于一病不起。临终时,周明清的老妻流着泪说:"老头子,这么多年你不是一直对我们说有很多很多钱吗?要是骗我们的,也就罢了,要是真有,也别带到坟里去,你给儿子们吧!"三个儿子早就想说这个话了,只是不好意思开口,现在父亲就要闭眼了,是真是假,也该有个分晓了。

周明清对古墓的事情一直守口如瓶,他实在是怕妻儿口风不严,万一不小心走了风声,也许古墓就会被歹人毁了。可现在想想,早晚要翻修房子,他们也会发现,到时候毁了古墓反而不好,所以就实话实说了。

最后,他再三叮嘱道:"你们现在各自都有了前程,这该与咱家守墓有关……所以你们以后也别去动它,好好护着,人睡在那里,千百年了……不容易啊……"

周明清断断续续地作过交待,这才放心地咽了气。可他哪里料到,他的三个儿子早把他的话丢在了耳边。

那天夜里,老二睡不着,起来时,发现老大在院子里转悠,老二刚凑上去要和老大说话,老三又不知从哪里冒了出来。三兄弟互相看了看,都不免有些尴尬。

终于,老大憋不住了,说:"本来咱们是应该遵守父亲遗言的,但是你们不知道,这做官要想往上走,就得有钱去疏通官道啊!"

老二把话接了过去:"大哥说得是。我做买卖其实也是这个理,要做大就得有本钱。咱爹总也希望咱好不是?"

老三拼命地点头:"是这个理,当然是这个理!"

既然三兄弟的意思都很明白,需要这墓里的东西变现钱,那么这个墓就非挖不可了。事情到了这一步,母亲当然更爱儿子,也就同意了。不过母亲对三个儿子说好了,不管挖到什么,三个儿子平分。

说干就干! 趁着夜色,三个儿子砍树伐藤,揉花拽草,各自挥动钉耙大锹,忙得不亦乐乎。好歹大家都是农家出身,都有力气,加上是为了自己,所以都舍得流汗。好在院子就那么大的地方,没多久,老三一镐下去,就碰到了硬邦邦的古砖,大家顿时欣喜不已。

可挖开一看,才发现墓室并不大,墓中除了尸骨,空无一物。一家人于是都泄了气,好不沮丧! 无奈之下,只得把挖出的古尸重新埋了,挖出的凹坑还得重新填平。

从此之后,周家院里的花草藤树渐渐变得稀疏了,一是当时为了挖墓砍伐太多,二是三兄弟觉得从此没了盼头,就再懒得打理庭院。从此,他们官也做得不卖力了,生意也没心思经营了,日子过得一天不如一天。

母亲眼看着家道败落,认准是因为动了古墓的缘故,终于忍不住把堂兄请了过来,把挖墓的事情告诉他,想跟他讨个办法。

堂兄把墓挖开一看,也看到了"周"字,他大叫一声:"这莫不就是咱们周老庄的先祖?"

要真是这样,三兄弟挖掉的,岂不正是周家自个儿的祖坟?

　　　　　　　　　　　　　　　　　　　　　(王前锋)

　　　　　　　　　　　　　　　　　　(**题图**:王申生)

一截空心木

　　家住城郊方庄的老三，趁农闲时候带着村里六个汉子进城打工。一行人天蒙蒙亮就出发了，各自自行车前都挂着木牌，上写"木工"、"瓦工"或"小工"字样，车后绑着锯子、瓦刀之类的工具，直奔城里而去。

　　这七个人的运气真不错，进城之后刚把车子停下，就有人向他们招手："喂，看样子你们是从附近方庄来的吧？会不会拆房？"七个人顿时就显得有点激动，老三连声应道："是的是的，我们是从方庄来的，不管拆房还是建房，我们的活儿包您满意。"城里人点点头，说："要拆的房子在老街，一天五十块，不包伙食。愿做，就跟我走。"七个人一听，这报酬可比乡下强多了，于是二话不说就跟着城里人来到了老街。

城里人指着一幢破旧的老屋说："这是我家祖宅，年代久了，你们拆的时候一定要小心，安全第一啊！"七个人一边听，一边点头。老三围着老屋转了一圈，随后就给大家派活，紧接着七个人就干开了。城里人开始还有点不放心，在一边看着，后来看他们干得挺有章法，于是中午便回家吃饭去了。临走，他还特地关照老三，让大家休息一下，吃个饭，等他下午过来后再继续干。

老三他们没有去买饭，只吃了些从家里带来的冷饭，然后等不及城里人来，就爬上大梁继续干起来。此时，瓦片已经被揭，老屋顶上只剩下几根光秃秃的大梁，老三正要动手，突然发现大梁的木头有些异样，用手掰了掰，发现有一截竟是空心的，一摸，里面好像有个布包，老三"哦"了一声，心"怦怦"乱跳起来。

其余那六个弟兄听到动静，一看老三这神情，都用眼睛盯着。只见老三小心翼翼地从空心木里掏出一个布包，一层层打开，布包里有一张红纸，上面还有字，大意是：为保家宅兴旺，特封黄金二十二块，望子孙后代莫忘祖宗恩德。红纸下面，赫然是二十二块金灿灿的金块。

这事儿也瞒不住谁，于是老三三下两下脱下外衣，把布包一裹，说了声："这里不能久留，咱们得赶紧走！"就抢先下了梯子。一句话，提醒了大家，六个人便也紧跟着下来，七个人飞也似的跳上自行车就往城外奔。

回到方庄，这天夜里，七个人躲在老三家里分金块。每块金块一寸左右大小，背面刻有"大清金库"、"上上金"等字样，正面刻着清朝皇帝的半身像。大家简直不敢相信这一切会是真的，先是轮流着把金块摸了一遍，然后又纷纷学着电视上看来的样，用牙齿狠狠地咬，直咬得金块上坑坑洼洼。"是真的，一咬一个坑！"七个人欣喜万分。

老三又去拿来杆秤，把二十二块金块称了个遍，不多不少每块正好一斤重。寸金寸斤，看来这二十二块果然是真金啊！面对这一笔飞来的横财，七个人兴奋得脸都红了。老三也不多说什么，二十二块金块他给自己留了四块，剩下的十八块六个人正好每人三块。对这样的分配，大家自然不会有什么异议。

接下来，每个人都无比激动，因为只要把金块换成钱，他们就都成了比城里人还有钱的有钱人了啊！七个人于是忍不住你一言、我一语地畅谈起来。一个说："我要买名牌手机，左手'诺基亚'，右手'摩托罗拉'！"一个说："我要带全家人去城里最豪华的饭店吃鲍鱼、龙虾，嘿嘿，那玩意儿我在电视里看到过！"第三个瞥了一眼他们，说："我啊，就用这钱给我断腿儿子去装个假腿，嘿，高智能的！"第四个还没开口，就先自个儿笑起来："那我……我就给我那丑老婆去整整容吧！""哈哈哈哈！"剩下的几个还没张嘴就已经笑得抱成了团。不知是谁说了句："对了，咱们还不知道三哥咋用这钱啊？"老三爽快地大手一挥，说："我决定用这钱送儿子上最好的学校，看谁还敢看不起咱乡下人！"

第二天一早，七个人相约又一次进城，因为他们想尽快把金块换成人民币。为了谨慎起见，他们把其余的金块藏好，只先拿一块出来，免得树大招风。他们来到一家老字号金店，小心翼翼地把金块拿出来，请老金匠鉴定。

老金匠接过金块，仔细地看了又看，嘴里不断啧啧称道："上品，上品呀！"七个人一听，喜滋滋地正准备向老金匠要个好价钱，忽见老金匠摇头叹道："只是可惜了呀，可惜……"老金匠指着金块对他们说，"你们看，金块上的花纹被你们咬坏了，这就不值钱了！"七个人糊涂了：就是咬坏了一点，金块不照样还是金块吗？老金匠连连摇头："这不是金块啊！"

七个人顿时就急了，老三从怀里掏出与金块放在一起的那张红纸，老金匠接过一看，说："这就对啦！过去很多人家建房，都会把一些镀金的东西放在梁上，以保家宅兴旺。不过，你们这个，是我看到过的最好的一种，可惜被你们糟蹋啦！"

听了老金匠这番话，七个人犹如三伏天掉进了冰窖，心里凉透了。老三不甘心地指着金块说："老先生，你看看这颜色，这分量！还有这一咬就有的牙印！凭什么说我们这金块是假的？"老金匠觉得老三这是在无理取闹，有点不高兴了，鼻子里"哼"了一声，冷冷地说："别说你们这小小的金块，就是皇帝的玉玺也能造得惟妙惟肖。你以为能咬得动的就是真金了？"

其他六个人怕闹出事来，连拖带拉地把老三拽出金店。大家不甘心，又找了几家金店试试，没想那几个师傅都说是假的。这一来，七个人个个垂头丧气，回去路上再也迈不动腿了。

就在这时，老三的手机响了，是他老婆打来的。老婆说有两个城里人找到家里来了，说老三他们活没干完就跑了，一定是发现了宝贝，老婆让老三他们慢点回家。老三心里闷闷不乐：反正东西都是假的，还不如还给人家算了，多一事不如少一事。他把自己想法和兄弟们一说，大家觉得也是，就都点头同意了。

当下，七个人一起到了老三家，城里人一见到他们就扑了上来。七个人连忙给城里人赔笑认错，并老老实实把老金匠鉴定过的以及剩下的二十一块金块全还给了城里人。城里人这才消了火气，他把这些金块捧给随他一起来的一位长者看。

只见长者取出放大镜，把金块逐一仔细地看了又看，然后对城里人轻声说了几句什么，城里人点点头，便把这些金块装进了一只小皮箱。临走前，他从包里取出一沓钞票，递给老三，说："兄弟，这一万块钱，算是谢你们的！"

老三很吃惊："你为什么要给我们这么多钱？"

城里人笑了："只有一块是假的，其余都是真家伙！"

城里人高高兴兴地走了，七个人却沮丧极了：只有一块是假的，而他们却偏偏挑中了这块假的去鉴定，怎么这么背啊？

（童存云）

（题图：魏忠善）

发 财 理 念

金钱比起一颗纯洁的良心来,又算得了什么呢?

贪婪的眼眶

明朝嘉靖年间，严嵩当了宰相。他生性贪婪，仗着权势大肆搜刮民脂民膏，私库里黄金成垛、白银堆山。

这天，严嵩六十大寿。一大清早，严府门前已是车水马龙，来祝寿的大小官员一拨接一拨，都是争相献媚邀宠来的。寿礼堆满大厅，一样样奇珍异宝，把严嵩老贼喜得眉开眼笑。正在这时，忽然底下有人禀报："回禀老爷，外面有个老头持异宝来献——"

严嵩吩咐："让他进来！"

不一会工夫，底下带进来一位老汉，看似七十多岁年纪，神清气爽，鹤发童颜，衣冠齐整，手携一个青布囊。老汉上了大厅站定，看看踞坐中央的严嵩，只作了个长揖，从容说道："听说丞相今天六十寿辰，小民访得一件世间稀有的宝物，特来请丞相雅赏——"说着，不慌不忙打开布囊。

严嵩和一群宾客伸颈看去，只见老汉从布囊里慢慢掏出一块骨片一样的东西，放在一个盘子里，然后对严嵩说道："丞相请看此宝——"

严嵩一怔，不知那东西是什么，吩咐："送上我看——"

底下的跟班立即下去把那块骨片端到严嵩面前。严嵩瞪着一双三角眼细细察看，这东西四周凹陷，中间一个大窟窿，分明是骷髅上弄下的一块眼眶骨。严嵩马上拉下脸，厉声喝道："好个刁民，竟敢戏弄老夫，左右，给我拿下——"

话音刚落，他身后虎狼一样的校尉"呼"地抢到老汉跟前，便要下手。谁知那老汉并不惊慌，一摆手说声："且慢——"随后笑眯眯地问严嵩道，"难道丞相不识此宝？"

严嵩心里疑惑，示意校尉暂且住手，盯着老汉的脸，叱道："你且说出它有何稀奇处来，若敢妄称宝物，我绝不饶你。"

老汉点点头："既然丞相不知此物，请丞相吩咐底下拿一具天平和二百两黄金来，待小民把此物的神奇处演示给丞相看。"

严嵩虽然心中狐疑，但还是让底下人拿来了天平和黄金。只见老汉把天平在地上放好，然后不紧不慢地把二百两黄金和那块骨片分别放在两边的秤盘中，严嵩和那群宾客不知这老头在搞什么鬼，眼睛一眨不眨地盯着。这时老汉手松了开来，奇异的情景果然出现了，天平放黄金的一头竟然高高翘起。严嵩以为自己看花了眼，定神再细看，果真如此。

难道一片枯骨的分量竟比黄金还重？严嵩这时索性离座走下厅来，把天平又仔细看过，没发现老头做什么手脚，他十分诧异，拈着山羊胡须，只是不语。

老汉眼梢掠了一下身边的严嵩，嘴角挂着一丝微笑，说："丞相如不信，便再放二百两黄金上去，看看又将如何？"

严嵩立即回头吩咐:"再取二百两黄金过来。"

底下人答应一声,马上又跑去拿来二百两黄金,严嵩亲自把它们堆在天平摆放黄金的那头。他满以为这下天平该掉一掉位置,却不料那秤盘反而翘得更高。严嵩愣了长久,不得其解,不由转脸问老汉:"此是何物?果然有些奇异之处。"

老汉始终一脸微笑:"难道丞相这么博学,也不知此物何名?此物名叫'无餍',金银和它同称,金银越多它越显重。不过也有办法使它立即变轻的——"说到这里老汉闭了口,似在卖关子。

严嵩提起了兴致:"如何让它变轻?""丞相真要看?""我让你讲来,休得多言!"

老汉于是指了指秤盘里那块骨片,说:"说来极容易,丞相请看。"他从怀里取出一个小包打开,里面是一包黄土。

老汉手撮黄土朝骨片上面一撒,就在黄土落到骨片上面的一刹那,突然间秤盘黄金这一头猛地一沉,把那块骨片高高抛出。老汉连忙用手接住骨片,擦去上面的黄土,仍旧将其纳入囊中,然后朝严嵩一揖:"仅博丞相哂笑,小老儿告辞了。"他正欲向外走,却被严嵩喊住,一定要问个究竟。

老汉看看严嵩,一脸认真地说:"这件宝物取自棺中,是一个贪官的眼眶骨。想此人物在世之时,贪赃枉法,眼中落了财物,岂有满足之时?而且聚敛越多,贪心越甚,即便一命呜呼,化为一具腐骨,两个眼窟窿仍然如此。只有一把黄土塞他眼眶,才无奈作罢——古今贪官,莫不如此啊!"说到这里,老汉哈哈大笑,提起布囊走出大厅,扬长而去。

严嵩和他那班客人个个目瞪口呆。好半晌,严嵩醒悟过来,知道老汉在影射自己,这才瞪着一双三角眼大呼抓人,但是等底下人赶出门时,那老汉早已不知去向。

(徐自谷)

(题图:黄全昌)

心里有个小九九

　　西双版纳深处有个村子，村子里有个古怪爷，他有两个儿子，还养了一只叫"长毛"的大象。当年古怪爷把长毛从陷阱里救出来，从小带到大。如今长毛老了，古怪爷也老了，古怪爷遇到了烦心事。原来，大儿子成家以后，天天闹着要分家。

　　终于有一天，古怪爷把两个儿子叫到跟前，说："老大整天要分家，我也不能硬撑着。不过这个家怎么分，得我说了算。"古怪爷抽了口烟，接着说，"一样是除了我现在住的老房以外所有的房产家当，一样就是长毛，你们哥俩各选一样。"

　　老大心里打开了小九九：长毛老得不成样子，既干不得活，又没颗好端端的象牙，除了一天得吃十几块钱的草料，可以说是百无一用。这么想着，老大就低下头不吭气。

老二说:"爹,如果实在要分家,那我要长毛。"

古怪爷对老大说:"你的意思呢?"

老大马上顺水推舟地说:"既然弟弟是这个意思,那就按弟弟说的办呗。"

古怪爷点点头:"那就这么定了。老二没成家,就先和我一起住老房。"其实,古怪爷心里明镜似的:这么分,不明摆着是老二吃亏呀!可他心里放不下长毛,老二人忠厚,只有老二照料着,长毛才能善终呀!

可村里人却对此议论纷纷。按理说,老二孝顺听话,是古怪爷的心头肉,可只分了头老象;老大刁钻不讲理,反倒分得了大部分家产,真不知古怪爷是怎么想的。再后来就有了另一种说法,说老二分到的老象是头神象,不知道值多少钱哩!

这说法传到老大耳朵里,他的心猛地往下一沉:是啊,爹怎么会让老二吃亏呢?怕是那老象真的有名堂。老大越想越感到不对劲,和媳妇一合计,决定第二天到老二那儿去看个究竟。

第二天一大早,老大就敲响了老二的房门,说:"弟,明天你大侄子同学要来,想和长毛照张相,你把长毛借我一天,行不?"老二笑着说:"哥,你说的是哪里话,这有什么不行的,不就是照张相吗,你牵走就是了。"

老大点点头,牵着长毛回到了家。两口子围着长毛上上下下地端详:长鼻子、大耳朵,这长毛看了几十年了,还不是这个样?老大不甘心,打长途电话到省城动物园,问一头象值多少钱,动物园答复说象是国家保护动物,不允许个人买卖。这下老大没招了,他心里实在猜不透:爹葫芦里卖的究竟是什么药啊?

见丈夫愁眉苦脸的样子,老大媳妇凑过来说:"孩他爹,我倒看出了点门道。"老大问:"啥门道?"媳妇说:"我先给念叨个事儿,还是我在娘家听的。"媳妇干咳了一声,"我娘家村有个光棍,养了头牛,别人的牛越养越肥,可他这头牛却越养越瘦,还干不得活。实在过不下去了,光棍就把牛宰了。牛宰了你猜怎么着?""怎么着,还成了精不成?""比成精还神!那牛肚子里长了半斤多重的牛黄。天然牛黄多珍贵,值好几万,光棍从此就发了家。"

老大一听,张大的嘴半天没闭上:"你的意思是,长毛……"

媳妇点点头:"我看十有八九。"

老大叹一口气,说:"那咱们就沾不上边了,你知道长毛啥时候死。"

媳妇撇了撇嘴:"它一头象,啥时候死还不是人说了算,给它的草料里拌上点儿农药,不就什么都有了?"

"害死长毛?它可是和我一起长大的,我下不了手。"

"一起长大的也还不就是个畜生?你下不了手你下。"

"可它要是死在咱们手里,爹那儿我怎么交代?"

"你个实心眼!你往它草料里放耗子药,那药药劲慢,咱把象还了,到晚上它是死是活谁还能找到咱?"

老大咬了咬嘴唇,点了点头,于是两个人便依计而行。

送走了长毛,从老二家回来,天已经全黑了,老大躺在床上翻来覆去睡不着,他索性坐起来和媳妇合计:"长毛要是今晚上死了,那肚子里的东西还不得让爹和老二拿走,那咱能图个啥?"

老大媳妇皱着眉说:"也是。要不,你夜里去把长毛牵出来,拉到深山老林里,等它药劲上来动不得了,你再来个开膛破肚,神不知、鬼不觉。"老大一拍大腿:"今天豁出去了。"

到了半夜,一个黑影出现在老二家门口,蹑脚蹑脚地走进马棚,牵出长毛,飞快地向密林深处走去。此人正是老大,可怜的长毛毫无戒备,顺从地晃着大耳朵,紧紧地跟在老大身后。

路越走越黑,林子周围不时传来狼的嚎叫,老大心里不由得打了个寒战,可看到长毛毫无中毒的样子,他咬了咬牙,继续往前走。渐渐的,长毛的脚步越走越慢,身体也开始左右摇晃,老大心里窃喜——他知道，这是药劲上来了。

正走着，长毛突然停住了脚步，侧起头，好像在听什么。老大正在纳闷，突然，他耳边响起一阵刺耳的号叫声，抬头一看，顿时吓得魂飞魄散：一只巨大的黑熊，正蹲在前面不到十米处，虎视眈眈地看着他们。老大头脑一片空白，他十分明白这种老林中已经很难遇见的黑熊是多么可怕。只见黑熊死死盯着老大，并且已经开始试图绕过长毛来接近老大。

长毛甩着长鼻子，像座大山一样挡在黑熊前面，不给它半点机会。黑熊似乎有点不耐烦了，它愤怒地用爪子刨着地面，龇着长牙，闪着点点寒光。如果在平时，长毛对黑熊根本不屑一顾，但现在，长毛已经力不从心了——它的脚几次瘫软下去，然后又挣扎着站起来，但它的眼睛却始终没有离开黑熊。

黑熊似乎看出了些门道，它凶相毕露，毫无顾忌地绕过长毛向老大冲来。老大想跑，可他的脚却像灌了铅，钉在地上一动也动不了，他吓呆了。

长毛愤怒地一声吼，长鼻子甩过来，狠狠地抽在了黑熊脸上。黑熊用厚厚的熊掌使劲向外一挡，长毛的鼻子立刻划出了一条深深的血印。长毛急了，它用巨大的身躯猛地撞向黑熊，黑熊被撞了个滚，长毛也险些跌倒在地上。受伤的黑熊近乎疯狂了，它不顾一切地又一次向老大冲来。正在这危急时刻，长毛飞快地用长鼻子卷起老大，高高地举向空中，而把自己的前胸整个地袒露给了黑熊。

黑熊并没有扑上来，望着雕塑般的长毛，它停住了脚步。它们两个对峙着，谁也没有让步。突然，长毛冲天一声吼，震耳欲聋的叫声震得四围的树叶都纷纷往地上掉，黑熊怯懦地看了长毛一眼，掉头飞快地逃走了。

长毛的身体轻轻晃了两晃，嘴里开始大口大口地吐白沫。它轻轻地把老大放到了地上，转过身，向林子深处走去。长毛鼻子上的血一滴一滴落在地上,溅起了一朵朵小红花。老大拼命地叫着:"长毛,长毛!"长毛没有理老大,它依然跌跌撞撞地向前走,好像前方有什么在召唤它。老大哭喊着跟在长毛身后,他不知道长毛要干什么,但他下决心要救长毛,要给它解毒。

长毛没有停步,不知走了多长时间,也不知走到了什么地方,突然,森林消失了,老大眼前出现了一片开阔地。长毛又发出一声长吼,随后便开始用前腿和残缺不全的象牙在地上刨坑。老大停住脚步,他简直不敢相信自己的眼睛,这是什么地方啊——他看到地上满是白森森的象骨,数不清的象牙一根根直指天际,在月色下发出幽幽的白光。

老大终于明白了,他来到了传说中的象冢——那还是老辈人说的,大象是一种十分有灵性的动物,特别是头象,它死前会找到祖先留下的象冢,把自己半埋入土,然后静静地死去。在许多人眼里,找到象冢无异于找到了一座金矿,但多少年来,却没有人找到过它。

长毛吃力地刨着坑,很快就埋进了半个身子。它停下了工作,轻轻闭上了眼睛。慢慢地,它的身体僵直了。

"长毛!"老大的眼泪滴落下来,他采了一束白花,轻轻地放到了长毛身边,然后深深鞠了三个躬。长毛高大的身躯一动不动,在老大的眼里,长毛是一座高高的丰碑。周围满是珍贵的象牙,任何一根都价值连城,可是老大没有动一下,甚至没有再看一眼——在高高的象冢面前,他感到自己分外渺小。老大转身往回走,回去的路上,他没有做路标,他不想任何人打扰长毛。

老大走了,真的再也没有回来过。象冢的故事至今仍是美丽的传说。

(文　华)

(题图:魏忠善)

脸往哪搁

在一个滴水成冰的夜晚，一个农户的家里一下来了一帮子借宿的，数一数，有九个，把小土屋挤了个满满当当。

那阵儿正是刚解放的时候，一家4口挤一间小土坯房，本来就不宽敞，可屋里一盏小豆油灯却像寒夜里的一团火，常常引来那些进山拉炭、做小买卖的过路客，每有借宿客人，家里的爷爷奶奶总是热情招待，有啥给啥吃，而且分文不收。

就这么着，这十多个借宿的就进了屋。这天正赶上奶奶有事回了娘家，家里只有爷爷、父亲和二叔。一会儿工夫，热烘烘的炭火盆生着了，热腾腾的棒米渣粥做熟了。大家吃饱喝足，睡却成了难题：爷爷数了数，四女五男加上自家爷仨，共计十二人，这么小的屋，咋个睡法？可客人大老远的来了，总不能让人家受委屈。爷爷挟起一个小破棉被,悄悄向父亲和二叔使了个眼色,然后带着歉意对客人们说:"大家将就点睡吧,我们有地方住。"其实他说的"地方",不过是院里的柴草堆。

屋里不睡,别处哪里还有睡的地方?借宿的人中有个叫桂花的小媳妇看了不忍心,她拉住爷爷不让走,说:"大冷的天,你们不能走,冻个好歹的,我们咋忍心呢?"大家也异口同声地笑着说:"挤着一块睡更暖和。"

话是这么说,可咋个挤法?那时候,人们穿的都是厚厚的老棉裤、老棉袄,连新婚小媳妇也穿得鼓鼓囊囊的,刚躺下七个人,小炕就被挤得严严实实了。桂花见年轻媳妇们腼腆,不肯脱衣,又出主意说:"在家由家,在外由外,我看大家全把棉衣脱了,好节省睡的地方。"说完,她吹灭了小油灯,带头脱衣,侧身躺下,大家也照此办法,各就各位脱衣躺下,腾出地方让爷爷他们睡。虽然挤,可大伙全累了一天,很快就"呼呼"入睡了。

第二天鸡叫头遍,借宿的客人便摸黑起床,男人推车,女人拉车,炭车"吱吱呀呀"地上路了。

待爷爷清早起床,忽然发现身边有个小纸包,打开一瞧,里边竟是一叠零钞,数数共有5块8毛钱。爷爷提上裤子就往外跑:"客人丢钱了,得快给他们送去!"

父亲说:"人家早该走出二十多里路了,等下回来了再给吧!"

"那不成,大老远的,一车炭能挣几个钱?谁丢了不急呀!"爷爷说着,拔腿就追。

爷爷翻过两道山梁,只见迎面雪地上跑来一个人,一看正是那个小媳妇桂花,她汗流满面,头发上却结了一层白白的冰霜,看上去像个"白毛女"。爷爷紧跑上去,举着小纸包,气喘吁吁地说:"侄女……是……是……你丢钱了吧?看看少没少……"

桂花连连摆手:"不是,大伯,那点钱是大伙凑的,给你们的住宿费……”

"看你们见外了不是,谁帮谁一把还兴要钱?快拿上!"爷爷执意要还,桂花却说啥也不要。

爷爷纳闷地问:"那你大老远的又跑回来干啥?"

桂花的脸"腾"地红了,难为情地说:"我是来换……换棉裤的……"

爷爷看看桂花,又瞅瞅自己,"噌"的一下脸也红到了耳根,这才发现桂花穿的是自己那条开花绽线的老棉裤,而自己穿的则是条蓝底红花的新媳妇棉裤。夜里大家身上盖的衣服全弄乱了,早上起来黑灯瞎火穿得匆忙,所以全都抓了瞎,刚才爷爷光顾送钱,没瞧裤子颜色,幸亏是在大山里,要是走在城里的大街上,不让人笑掉大牙才怪呢!

两人急着想换裤,可解开了裤带,却又愣住了:"这……"你看我、我看你,提着裤子全僵在那里。最难堪的是爷爷,因为穷,除了这身破衣裤,外罩里边连个裤衩都没有,这光天白日里,荒山野岭又没个遮掩的,他立刻闹了个大红脸:"你说这裤子脱了,我这老脸可往哪搁呀?"

（米井利）

（题图:魏忠善）

夺命野山参

　　长白山下有一个屯子,屯里有一户人家,只有父女俩,女儿满月长得俊,是屯里的一枝花。

　　这年,满月不幸得了一种怪病,找屯里、乡里的大夫看了,也没能治好,满月爹急得满嘴起水泡。夏天,屯里老张家在省里医学院念书的留根回家探亲,听说满月得了病,就过来看了看,看后对满月的爹说:"大妹子身上长了个东西,去省里的医院开刀就能治好,可是一定要抓紧,拖不得。"

　　满月爹愁云顿开,说:"那敢情好。大兄弟,得要多少钱?"

　　"怎么也得三万块。"

　　三万块?把家当全卖了也没有那么多钱啊。满月哭了,觉得天快要塌下来了。

　　满月爹抽了足足有九袋旱烟,抽得屋里都看不清人影了,然后朝地上吐了口唾沫,对满月说:"你把振河给我找来。"

　　满月疑惑地望了望爹,看爹不像是开玩笑,这才出屋。

　　这振河是外乡人,头年来屯里看望他老姑,谁知来后没三个月,他老姑、姑夫双双暴病而亡。处理完两个老人的后事,振河就在屯里住了下来。振河对满月挺粘糊,可满月爹却不止一次地嘱咐满月:"你少跟振河眉来眼去的。要找,找一个有爹有娘的正经人家。"

　　很快,振河来了,一口一个"叔"地叫着。

　　满月爹沉着脸说:"明儿一早,你跟我出趟远门。"

　　"哎,行。叔,干啥去?"

　　满月爹望了一眼满月,没再说话。

　　第二天天还没亮,满月爹就和振河出发了,一出屯就钻进了原始森林中。满月爹走在前,振河跟在后。振河好几次想与满月爹唠上两句,可对方顶多"嗯嗯"两声,算是答了话。

　　振河虽然来屯里一年多了,可从来没有进过林子。因为老人们说过,这原始森林神秘莫测,不是"老山林",十个进去,就有五双出不来。林子里没有路,分不清东西南北,越走越深,越走越感到恐怖,虽然不时有几缕阳光透过树梢射进来.可也不知道是几点钟了,而脚下是厚厚的百十年积累下来的树叶,踩下去软软的,发出"吱咕吱咕"的声音,好像随时会从里面钻出什么怪物来。

　　走呀走,也不知走了有多长时间,满月爹这才停下来,问:"怎么,累啦?"振河抹了把汗,摇摇头,然后掏出烟袋锅子,填满了烟,刚要打火,被满月爹一把夺过打火机,并狠狠地剜了他一眼。振河不好意思地笑笑,说:"叔,我忘了,这儿不能打火。"

　　满月爹也犯了烟瘾,但他只是将烟叶放在鼻子下闻闻,然后对振河说:"今儿我带你,是去挖一棵老山参。"

振河一惊："叔,您说什么?"

满月爹连眼皮都没抬,像是自言自语:"这老山参已经有三十年了。当初我发现它时,它才是棵'山花子'。那时我就做好了准备,要让它好好地长,起码长成四品叶,好给我讨儿媳妇用,可惜我这辈子也没个儿子。"

"叔,我就是您老的儿子。"

满月爹没理他,仍说下去:"看来,等不到那一天了,先给满月治病要紧呀。"说完话,他站起来,又头也不回地向前走去。

此时,振河像是吃了兴奋剂,感到脚下有了劲。三十年的野山参,天,那得值多少钱呀!他前后左右看了看,分不清哪是来的路。他不由敬佩满月的爹:这个老家伙,走在这没有任何标志的原始森林里,怎么像是走在自己的家里一样轻车熟路?

光线越来越暗,暗到不使劲盯着前面满月爹后腰上别着的白毛巾,就随时会被这森林吞掉。振河这才明白,满月爹今天的一举一动都是深思熟虑过的。

又走了一阵,满月爹就停下来,说:"填补点,打个盹吧!"振河努力看了看才看清,这是一块没有积草和树叶的空地。

满月爹吩咐振河:"你把身边草草啦啦的全给划拉到远的地方去。"振河二话没说,摸着黑将周围几米的地方都清理了出来。

满月爹这才"噗"地打着火,燃起一堆篝火,腾起的火苗一下子驱走了黑暗。满月爹将干粮煨在火边烤热了,然后将酒壶递给振河:"喏,你也来几口。"

振河接过来,仰起头,灌了几大口,恭维地说:"叔,您老真是个人才,这老林子,不是您,谁敢进来?"

满月爹呷了口酒说:"这有什么,年轻时,我一个人杀死过一头黑瞎子。"

"您老是怎么发现这野山参的?"

"靠悟性。人有悟性,参也有悟性,否则你别想得到它。唉,为了这棵参,我年年要进一趟林子,生怕它跑了,或者被什么野物糟蹋了。"

吃过饭,满月爹就躺在篝火边呼呼地睡着了。振河却怎么也睡不着,是害怕,是兴奋,还是别的什么,他也说不清。

天亮了,满月爹带着振河又走了两三个钟头,到了一处潮乎乎的背阴地方,压低声音说:"你可别大声说话啊。"

振河一激灵,他知道这是到了长野山参的地方了。老辈子人有一种说法:采山参时一不能大声说话,二要先用红线拴住它才能采挖,否则,这通人性的山参娃娃就会一下子跑得无影无踪。

满月爹示意振河站在稍远的地方,然后他一点一点谨慎地拨拉开身边的草,忽然,"嗖"地一声,从草丛里蹿出一条四五尺长的蟒蛇,吓得振河差点叫出声来。再看满月爹不慌不忙,在那蟒蛇昂头正要进攻之际,一个箭步上去,用左手死死地卡住了蟒蛇的脖颈。那蟒蛇扭转身躯,将满月爹死死缠住,振河正要上前助一臂之力,就见满月爹从衣服口袋里抽出一把匕首,对着蟒蛇的七寸之处狠狠地刺了进去。

"噗"地一声,蟒蛇的血喷射出来,然后它那身躯缓缓地松了下来。满月爹将蟒蛇甩到一边,对振河招了招手。振河走过去一看,激动得浑身发颤:一棵茁壮的野山参挺拔地屹立着!

满月爹用红线将野山参轻轻拴住,然后将带来的四块铁板"刷刷刷刷"齐齐地插进距它四周两尺见方的土里,然后趴在地上,小心翼翼地一点一点抠掉山参周围的土。他的动作之轻完全不像个男人,倒像个正在绣花的女人。满月爹每抠出一根山参细细的须,就用红线拴住,振河想上前帮忙,被满月爹制止了,他说:"你看着就行。这娃娃娇贵,弄断一点点就跌了大价。"

一个小时过去了,两个小时过去了……也不知过了多长时间,一株三寸多长、棒槌形、须子有一尺多长的硕大的野山参,终于被完完整整地挖了出来。满月爹这时累得没有了一点力气,他将野山参装在带来的木匣子里,又用红线将其仔细地固定好,这才舒了一口气,说:"好了,我的月月有救了。"

振河问:"叔,这能卖多少钱?"

满月爹端详着野山参,好半天才说:"怎么也得值二十万吧!"

振河一惊,又问:"会不会被人家骗了?"

满月爹笑了,说:"不会的,国家不会坑人的。"

"为什么要卖给国家,卖给私人不是更能多得钱么?"

满月爹正色道:"不行,这是咱们远山屯的规矩。"

振河笑了一下,问:"叔,您今天带我来,能帮您干什么?"

满月爹往远处指了指,说:"从这里到县城要趟过那条河,我这腿下不去水了,只能走到这儿,剩下的事儿要靠你了。你快去快回,我在这儿等你。咱爷俩会齐后,就带着月月去看病。"

振河着急地说:"叔,您不去,我怎么认得路?"

满月爹用手指了指不远处的穿天大树,说:"我早就做好了记号,你按我的记号走下去,就能走到河边,过了河,不足两里地就到了县城。记住,千万要将它卖给国家,卖了别耽搁,立即回来。对了,别忘了带回点吃的和喝的。"

振河将信将疑地走了十几步,一看,果然那些树上有用刀削下的土茬痕迹。他问满月爹:"您怎么不在来的路上也做上记号?"

满月爹说:"傻孩子,那不就等于告诉别人这儿有宝贝?"

振河笑了,顺手从地上捡起一根粗粗的树棍子,走到满月爹身旁,突然叫道:"叔,那条蟒蛇怎么活了?"

"什么?"满月爹大惊失色,扭转脸去看。就在这时,只见振河抢起树棍子,照着满月爹的脑袋狠狠地砸了下去。

满月爹倒下了,血从他的头上汩汩地流了出来,他艰难地问:"你为什么要这样?"

振河"嘿嘿"笑着,说:"我有了这野山参,还要你干什么?"

"可是月月，月月她已经有了你的孩子……"

振河一惊："你怎么知道的？"

"我眼里不揉沙子，你们俩的事儿……要不是这样，我、我也不会带你来……"

振河冷笑道："你还说什么眼里不揉沙子，你怎么没有看出我是什么人来？我明人不做暗事，老实告诉你，我是犯过案子的人。要不是那些王八蛋公安追我，我也不会逃到这鬼地方来。我还可以告诉你，我那老姑两口子也是我干掉的，他们活腻歪了，要我去自首。"

满月爹一听振河这话，痛苦地闭上眼，缓缓地说："我真是瞎了眼，怎么……"没容他再说什么，振河手中的树棍子又砸了下来。

振河用脚踢了一下被他打死的满月爹，喝了一口酒，然后心急慌忙地背起匣子，顺着满月爹为他安排好的路走了下去，他要赶快把山参卖掉，然后远走高飞。

走着走着，天起风了，随后下起了暴雨。振河在屯子里呆了一年多，多少也知道点山里的事儿，此时，他急急忙忙往高处走，以防止被随时可能发生的山洪冲走。雨越下越大，远处、近处都是雾蒙蒙一片。山陡，存不住水，没有半个时辰，没过脚面的水就从高处"哗哗哗"地泻了下来，振河靠在一棵大树下面，紧紧地抱着树干。

忽然，振河感到脚下在动。是地震？不，不像。那……没容振河多想，他就看到他前方的一座山头一颤，那山上面的树呀草呀就"忽啦啦"地下陷，然后像河水一样开始流动了。是泥石流！振河过去听人说过这可怕的现象，没想到今天自己眼睁睁地看到了。好恐怖呵！他心里一阵阵发冷。

也不知过了多长时间，雨停了，风止了，太阳出来了，那可怕的泥石流也不再流了。振河紧了紧腰带，迈开大步向前走去。可是，才走了没多远，他无法走了，因为前方满月爹做的记号被刚刚发生的泥石流冲掉了。没有这些标记,他振河就成了睁眼瞎,不知应该往哪里走。他试着走了一个时辰,但走来走去,发现自己绕了一个圈,又走回到原来的地方。他决定从原路返回,然后不进屯子,连夜往县城里赶。

振河向后一转身,向着来时的路走去。走呀走,终于走到了挖野山参的地方。可是,振河一下子惊得闭不拢嘴了——满月爹不见了! 振河狠狠地捶自己的脑袋,骂道:"你怎么这么笨,竟让他装死混过去了。"

不过,振河心里还是有底的,因为,在来的时候,他已经留了后手,每走十几步他就将身边一人左右高的树枝折断。现在,他只要顺着这些记号就能平平安安地回到屯里。

他辨认着自己做的记号开始往回走。但是没想一个小时后,他又走回到了原来的地方! 怎么回事儿? 振河心说:"难道我撞上鬼打墙了?"他不相信,又仔细地按着记号走,但是一个小时后,又走了回来! 振河一下子明白了,这一定是满月爹醒过来后布下的迷魂阵,将周围的树都折断了树枝,真真假假让我分辨不清。可是,这个老家伙是怎么发现我做的这些记号的呢?

天又快黑了。振河感到了巨大的恐怖:没有向导,没有记号,自己是无论如何也走不出这原始大森林的! 蓦地,一个念头闪了出来:放火! 放一把火,不消几个时辰,这火就能直冲云天。县里、省里甚至中央,都会派人来救火,那样,自己就能出去了。

可是振河摸摸衣兜,心里一沉:没有打火机! 他这才想起打火机早被满月爹拿走了,满月爹没有将一丝一毫生的希望给他留下来。可是,这老家伙是如何算出这一步的呢?

振河绝望了,他呜呜地哭着,抱着野山参,抱着这价值二十万元的宝贝,等待着死神的到来……

（范大宇）

（**题图**:俞耀庭)

摇 钱 树

　　李梦才年过五十,是出了名的懒汉,娶了个老婆老实巴交,生了个儿子也跟自己差不多,游手好闲。这一家三口,就靠那几亩责任田,白种白收,勉强图个温饱,日子过得实在是寒酸。

　　你别说,懒汉也有时来运转的时候。那天下午,下了一阵雨,雨停后,李梦才双手反剪着出了门,晃荡晃荡出了村。他抬头一望,只见公路上围着许多人,不知在看什么热闹,于是也三脚两步赶了过去。近前一看,天哪!原来是一辆小汽车翻在他的地里,把庄稼压倒了一大片。他只觉头皮"嗡"的一下,大叫起来:"天哪!你们毁了我的庄稼,叫我以后怎么过日子呀!"

　　车主是个大款,刚才车是翻了,人却没有伤着,他正叫了些人在推车子,一看李梦才急成那样,便说:"你别着急,我赔你。"说着,从提包里取出一沓人民币,递给了李梦才。

李梦才见了钱心花怒放,回到家把大门一关,掏出钱来往桌上一摔,吓得他老婆两眼都直了:"啊!这么多钱,哪里来的?"李梦才说:"你猜猜。""抢来的?""胡说,我什么时候当过强盗?""那是偷的?""去你娘的,我偷过谁?""噢,我知道了,那一定是捡的。""这还差不多,让你猜对了一半。"

李梦才把刚才的事一五一十地告诉了老婆,夫妻俩兴高采烈地将钞票一连数了八遍,才数清楚是3200元。

当天晚上,他家餐桌上便多了一瓶酒和一盘花生米。

夜里,李梦才激动得一夜都没睡好觉,心想:自己的那块责任田正好在公路转弯处的下方,因为这地方视线差,所以常有车子翻进他的地里,以前怎么没想到要人家赔偿损失呢?唉,端着金饭碗要饭,真笨!

打那之后,李梦才格外关心起他那块地来了。可他关心的不是地里的庄稼,而是盼望有更多的车子翻进他的地里。他一有空就来到山坡上的树下边等着,一发现有车翻进地里就跑出来,先是装着哭腔大叫:"哎呀呀,我的天哪!把庄稼毁成这样,叫我怎么过呀?"接着就是吹胡子瞪眼,索要赔偿,人家要是不掏钱或者掏得少了,就甭想离开。

这样半年下来,李梦才便赚进好几千块钱,家里的生活因此大大改善了。

过了秋天,冬季来临,李梦才心想:冬天地里没庄稼,出了车祸就没有理由讹诈,这可咋办?他左思右想,终于想出了个馊主意:在地里栽上树,不但一年四季能进钱,而且要价可以更高。

那么种什么树呢?一打听,说是日本杨长得快,又值钱。李梦才于是不惜重金买来一百多棵日本杨树苗,栽到了自己的地里。

说来也怪,自从他地里栽下日本杨以后,翻车事故接二连三地发生,他的要价也一次比一次抬高,树得论棵算,断了枝、刮了皮也得赔,说这是从国外进口的名贵树种,不但成本高,而且难侍候。人家不明底细,只得睁着眼睛挨他宰。

两三年下来,李梦才就靠这讹来的钱盖起了三间瓦房,还买了辆三轮摩托,让儿子跑买卖。村里人无不骂他缺德,可他却得意地对他老婆儿子说:"看见了吗? 我种的这些都是摇钱树。摇钱树知道吗? 谁要是碰到它,它一摇就往我口袋里掉钱!"

老婆、儿子都听得咧着嘴笑。

这天中午,李梦才又晃晃悠悠地出了村,一抬头,见公路上围着许多人,他知道准是地里又来事了,又有钱可进了,于是便加快脚步赶过去。一看,果然是一辆车翻在地里,地边还直挺挺躺着个人,头上盖着一只编织袋,显然已经死了。

对于死了人还是伤了人,李梦才是素来不关心的,他关心的只是他的树:"车主呢,车主哪去了? 把我的树报销了好几棵,怎么说? 我这可是摇……"他想说"摇钱树",但话到嘴边又改了口,"这可是日本杨呀!"

有人对他说:"你别树呀树的,还是先看看人吧。"他说:"人死人活,管我屁事!"一个小伙子一把将他拉到死者旁边:"管你屁事? 你仔细看看,他是谁?"说着掀掉了编织袋。李梦才这才看清,死了的不是别人,正是他的宝贝儿子。他像当头被人打了一闷棍,往后一仰便背过气去。

李梦才一连昏迷了好几天,经医生抢救才脱离危险。当他拄着棍子再次来到地边时,发现那些摇钱树只留下一棵,其余全部砍了,一问才知道是他老婆砍的。他老婆还拿砍倒的树削成一个个木桩,深深地钉在公路旁边,以防止再出车祸。

至于为什么还留下一棵,她说是留给李梦才做棺材用的。

(晓　雷、于　广)

(题图:杨宏富)

隐藏的财富

　　在黑龙江的边上有一座半截山,北面被江水冲得刀切一般陡,东、西、南三面被一大片深不见底的沼泽包围着,附近的采山人都估计这半截山上肯定有罕见的人参珍品,但谁也过不了这片沼泽。

　　不过,什么事都有例外,别人过不了沼泽地,马蹄屯的吴矮子却能过。

　　据说当年,他花了三个月时间琢磨出了过沼泽的办法,上半截山找到三棵五品叶的大人参,卖了不少钱。第二年,他又用这办法过沼泽,在半截山的后山坡上发现了一棵参苗子,这苗长得十分粗壮,比一般参苗的叶宽两倍。吴矮子想:反正沼泽别人过不了,这山别人也上不去,就让参苗在这里长吧,过个十年、二十年的,它一定能长成一棵六品、七品叶的参宝,到那时再采,一下子就能发财了。这么一想,吴矮子咬咬牙,舍了这参苗子,狠着心回了家。

打这以后,吴矮子每年都要过那沼泽地,偷偷到半截山上去一趟,去后山坡看看那棵参苗,见苗子越长越大,吴矮子心里可高兴了,这比卖了把钱存在银行里的利息大多了。

就这么每年过沼泽上山看一回,时间一晃就过去了十八年。现在,那棵参苗子已经长成了六品叶,正好吴矮子的儿子入冬就要娶亲,吴矮子觉得是时候了,该把宝贝疙瘩采回家了。

这天,吴矮子穿过山林,来到沼泽地边,刚要从草丛里取出长杆子准备过沼泽,忽然听见身后有"沙沙沙"的声音,回头一看,是一个瘦高个老头从山林里走出来,只见他在沼泽地边坐下,放下背篓,掏出烟炮子抽起烟来。吴矮子心里那个着急哟:他怎么不走了?是不是他也能过沼泽?会不会他也发现了那宝贝疙瘩?不行,我得探探他的口气。

吴矮子于是就与老头唠嗑起来。这一唠,才知道他是邻屯的。一问,姓郑;再一问,巧了,他的女儿就是吴矮子儿子找的对象。吴矮子的儿子去年春节到乡里参加秧歌汇演,结识了邻屯的郑晓兰,一来二去,谈起了恋爱,两人商定今年入冬后办婚事,可吴矮子和瘦高个俩亲家还没见过面呢!

既然是亲家嘛,两人越唠越亲热。看看快到中午了,两人就从背篓里拿出干粮、咸菜、烧酒,吃喝起来。不过,吴矮子一边吃一边心里打起了小九九:在亲家面前,可不能露出自己要过沼泽地去采参宝的实底,自己辛辛苦苦等了十八年的宝贝,要是亲家知道了,按采山人的规矩,就得分他一半哪!可要是不说,一会儿自己又咋脱身呢?看亲家这架势,好像来这里也是想过沼泽地的。莫非他也能过?要是他也像我一样早就发现了那棵参宝,也是等到现在来采,那咋办?

　　吴矮子正想着心事,瘦高个说他喝了酒头有点晕乎,要躺下歇一会儿。吴矮子正琢磨着他是不是葫芦里在卖什么药,这时,从山林里又走出一个小伙子,娃娃脸,大眼睛,背着个篓子,手里提了一根长杆子。

　　吴矮子一见,火烧屁股似的跳了起来,忙上前打听小伙子去干啥。小伙子说,多少年来总听人说这沼泽地过不去,他不服气,前两天他到这里来看了半天,回家又琢磨了一个晚上,终于想出了办法:那浮在水面上的草滩子有厚有薄,厚的是绿色,薄的是黄色,厚的少说也有一尺,在上面站十几秒钟肯定没事,过沼泽地时,人就往绿颜色的草滩子上踩,如果两个草滩子之间离得远,就用预先备好的长杆子搭个"桥",这不就过去了?

　　吴矮子一听,脑袋"嗡嗡"直响。现在的年轻人真是成精了,当年他琢磨过沼泽的办法用了三个月,这小伙子只用了半天和一个晚上就把难题解决了!

　　小伙子接着就要上山,吴矮子没办法阻拦,他瞟了一眼正躺在地上的亲家,见亲家眼都没睁,于是啥都顾不得了,拔腿就往藏杆子的地方跑,他要抢在小伙子前面,把那棵参宝夺到手。

　　吴矮子跑了没几步,忽听有人在叫喊,回头一看,不好,那个小伙子毛手毛脚地掉进沼泽里了,在那里拼命挣扎。吴矮子一看要出人命,慌忙回身去救,费了好大的力气,总算把小伙子救了上来。小伙子有点不好意思,红着脸,千恩万谢,这才扛着长杆子走了。这时,吴矮子又看了看躺在地上的亲家,他打着呼噜,睡得正香呢。

　　小伙子一走,吴矮子的心里稍微安定了一些,至少这会儿没人上山和他抢宝贝了。他坐下来抽了支烟,歇了歇脚,定了定神,然后从草丛里把长杆子取出来,过了沼泽地,上了半截山。

　　来到后山坡,吴矮子远远看到了那块青色的卧牛石,顺着卧牛石往东走 721 步,便是两棵老柞树,两棵树的中间,就长着那棵他等了十八年的宝贝。吴矮子一气奔到那里,可是一看,他惊得两眼都直了:哪里还有参宝? 只剩下一个深坑,土是鲜的。吴矮子只觉得天旋地转!

是谁夺去了吴矮子苦苦等了十八年的宝贝? 唉,可再想想,这人参生在荒山上,长在野地里,你能治那采参宝的家伙什么罪?

可吴矮子实在不甘心哪! 他满山遍野地乱转,想把那个采参人找出来。就在这时,他远远看见西山坡的草丛里有个人,走过去一看,竟是亲家瘦高个,直挺挺地躺在地上,老泪纵横。原来,亲家的身边也有一个深坑,土也是鲜的!

吴矮子上去抱起亲家,喊道:"亲家哥,这是咋回事呀?"

瘦高个慢慢睁开了眼,一看是吴矮子,叹了口气,说:"我来迟了,让那小子采了去,我可等了它二十年啊!"

吴矮子想不到亲家竟然也藏着一棵参! 唉,只可惜都已成了别人的囊中之物啦。

两人抹着泪,互相搀扶着走下山。来到沼泽地边,突然,他们看到一块平板石上放着一棵白生生的大人参,石板上还用青草汁写了两行字:感谢救命恩,还上一棵参;既是两亲家,为何不交心?

两人一看,脸都有点红。

瘦高个说:"他一定没走远!"

吴矮子的心里说不出是啥滋味:"唉,现在的年轻人,心眼多着呢!"

(杨学利)

(**题图**:罗培元)

情 感 价 值

　　一个非常喜爱钱财的人，是很难在任何时候也同样非常喜爱他的儿女的。这两者就仿佛上帝和财神一样，形同冰炭。

彩票是个万花筒

　　老王是一家工厂的机修师傅,闲时喜欢玩玩彩票,喝喝小酒。这天,他和老婆、儿子一家三口吃晚饭的时候,电视上正在直播彩票开奖,老王照例停下筷子,目不转睛地盯着电视屏幕看。摇奖机每摇出一个号码,老王的眼眉都要跳一下。

　　很快,七个号码开完,老王一看,额头沁出了豆大的汗水,他从口袋里摸出一张彩票,递给身边的儿子,说:"你看看,是不是中了?"儿子接过彩票一对,激动地叫起来:"爸,真中了,是二等奖,有八万元奖金哪!"说着,他小心地把彩票交回给老王,生怕会被自己弄坏一样。

　　妻子也十分兴奋,八万元对于他们这个工薪家庭来说,是一笔天上掉下来的巨款啊!可是,老王脸上却连一点高兴的表情也没有,他长叹一声,将手上的彩票一把撕了。

妻子和儿子都惊呼起来,老王摆摆手,痛心疾首地说:"这张彩票是上一期的,我期期都买这组号码,足足买了二十多期啊!真邪门了,偏偏今天忘记去买,它就中了奖!"

老王的话,令妻子和儿子都愣住了。儿子望着一地纸屑,失望地说:"唉,原来空欢喜一场啊!"妻子安慰老王说:"不是咱的财,不进咱的袋。算了,吃饭吧!"

可老王哪还有心思吃饭?他把碗筷一推,长吁短叹道:"没有中奖也就算了,可这组号码也有小张的份,这下咋办呀?"

小张是老王的工友。半年前,老王和小张开始合伙买彩票,他们采取"守株待兔"的方法,精心挑了几组号码之后,两人就一直盯着轮流买,一人负责一个星期,说好如果中了奖,奖金就平分。这个星期应该轮到老王买,可这天中午老王走到半路上遇着一个老同学,被拉去小酒馆叙旧,一时高兴多喝了几杯,等想起买彩票,时间已经过了。天下真有这么巧的事,偏偏是这一期,这组号码就中了大奖,你说,这事叫老王怎么向小张交待?

妻子见老王一脸沮丧,便劝道:"事情到了这个地步,也没有办法了,总不见得叫咱拿四万元去赔小张?何况咱就是想赔,也没那么多钱呀!要不,咱明天到小张家去赔个礼、道个歉?"

老王想了半天,又忍不住叹了口气:"唉,也只能这样了。"

第二天一早,妻子陪着老王买了好大一袋礼物,来到小张家。一进门,老王就急着把自己昨天忘买彩票的事对小张说了,小张怔了一下,脸上的表情显得很不自然,笑不像笑,哭不像哭。不过,他嘴里还是安慰老王:"没事没事,没买到是天意,咱们接着买,下次一定能中个五百万大奖。"

老王见小张没怪罪自己,感动得直点头:"对、对,咱们接着买。下次中了大奖,你拿大头,我绝不食言。"

小张强颜欢笑道:"好!好!"

话是这么说，可经过这件事之后，小张就找借口不和老王合伙买彩票了，平时看见老王，也像看见瘟神一样躲得远远的。老王心里明白：小张其实还是在怪罪自己。唉，也难怪，否则不就每人能拿到整整四万元哪！小张正在筹备结婚，这四万元对他可不是个小数目。因此，老王始终觉得他欠了小张四万元。

小张不肯合伙，老王只好自己去买彩票，他铁定了心，一定要中次大奖，把钱还给小张。以前老王买彩票一直保持着平常心，玩玩而已，花费也不大。现在他急于想中大奖，出手越来越重，下注越来越狠，从以往的几元发展到几十元、几百元，可惜老王财运不佳，每次都是竹篮打水一场空。妻子见他玩彩票入了魔，劝他又不听，心里酸酸的。

这天，老王经过精心研究，算出一串号码，感觉很有机会博中大奖，于是等妻子上班后，他拿了家里唯一的存折去银行取出一万元钱，狠下心打算这回包个"大复式"，一定要中它个500万大奖。他怕用这么多钱买彩票会引起熟人注意，就故意没有去平常买彩票的投注站，而是多走了几条马路，想找一个比较偏僻的站点下注。可没想当穿过一条僻静胡同的时候，他背后突然闪出一个蒙面人，左手搂着他的脖颈，右手往他怀里一摸，闪电般的就把那一万元钱抢走了。

"天啊！你抢走了我五百万奖金啊！五百万啊！"

正巧有一个骑摩托的小伙子经过这里，听到老王呼叫，立即加大油门朝蒙面人追去。眼看就要追上了，不料摩托车突然陷入一个凹坑，那小伙子连人带车翻倒在地上。

老王的喊声惊动了附近的巡警，巡警及时赶来，把蒙面人截了个正着。这时，老王也气喘吁吁地赶上来了，一看，这蒙面人不是别人，竟是他儿子。老王狠狠抽了儿子两巴掌，气得浑身直哆嗦："你……你为什么要这么做？"儿子低着头一声不吭。父子俩被巡警带到附近的派出所，受伤的小伙子则被送往医院。

派出所里，儿子对办案民警说："我爸爸买彩票走火入魔了，辛辛苦苦挣来的钱全打了水漂，我和妈妈怎么劝他都不听，我真不想让他再这样继续下去了。前两天，他说要包个'大复式'，我就留了个心眼；今天我看他上银行取钱，于是就一直跟着他，情急之下我实在是不得已，才想出用这么个法子把钱抢回去给妈妈……"说到这里，儿子泪花闪闪，哽咽住了。

老王听傻了，半天才拉住民警问："民警同志，我儿子会、会坐牢吗？"民警瞪了他一眼，说："你这个老同志，怎么比儿子还糊涂呢？"

根据案情的特殊性，民警最后对他们父子俩批评教育一番后，就把他们放了。可是，那个从摩托车上摔下来的年轻人却伤得不轻，他的医药费、误工费得由老王赔付啊，足足花了一万多元才完事。

经历了这次事件，老王一下子像老了十几岁。

这天晚上，有人敲门，老王开门一看，来的竟然是小张。

小张愧疚万分地对老王说："王师傅，你家的事我都听说了。我对不起你！我……其实那天我看见你被人拉进酒馆，我知道你一喝酒忘性就大，所以放心不下，就按照那组号码，自己特地去买了一张彩票……我们一直是合伙人，这八万元奖金应该有你的一半。"小张一边说着，一边就从手提包里摸出一包钱，塞到老王手上。

老王一时还没反应过来，愣愣地盯着手上的钱。

小张怕老王不相信，又从口袋里摸出一张中奖彩票的复印件，递给老王看。

老王总算弄明白了。他心里顿时涌起一股莫名的滋味，说不上是甜是苦还是酸，也不知道自己该笑还是该哭……

（蔡缜华）

（题图：谭海彦）

寻狗启事

　　这天,纽约市里几家大报同时登出了一则"寻狗启事",上面写道:本人不幸丢失了一只叫贝比的狗,找到此狗并送回者,酬金十万元。启事上还附了一张贝比的照片,联系人为莫尔斯。

　　启事登出后,莫尔斯家失去了平静,电话不断,来送狗的也络绎不绝。可莫尔斯发现,送来的杂七杂八的狗中,没有一只是自己丢失的贝比。几天下来,莫尔斯被弄得焦头烂额。

　　更糟糕的是,三天后,莫尔斯六岁的儿子小汤姆也不见了!

　　这天夜里,有人打来电话:"莫尔斯先生,想要回你的儿子吗?"听声音是个男的。

　　莫尔斯又惊又喜:"他在哪儿? 你知道吗?"

　　"我当然知道,但我更想知道把他交还给你能得到多少钱?"

莫尔斯心头一震,立即意识到儿子被绑架了,急忙问道:"你想要多少钱?"

"一百万,不多吧?"

"可我没那么多钱。"

"哈哈哈,谁会相信为找一只狗就花十万元的阔佬,连区区一百万都拿不出来?"

莫尔斯愣住了,没料到烧香引鬼,狗没找回,却招来了歹徒,儿子反倒被绑架了。他急着说:"你千万别伤害我的儿子,明天我再答复你!"

"行,只要你不报警,我保证你儿子毫发无损。"

第二天晚上,那个男人又打来电话了:"考虑好了吗,莫尔斯先生?"

"我确实拿不出一百万元钱。这位先生,如果你肯听我讲讲关于这只狗的故事,你就明白了。"莫尔斯近乎哀求地说。

"好吧,我洗耳恭听。"

原来,莫尔斯的姑母早年嫁到法国,膝下无子女,丈夫死后留下一笔遗产,她晚年又回到美国,希望葬在老家。几十年孤僻的生活习惯,使她很难让人接近,她最心爱的就是那只陪了她十多年的宠物狗贝比。她怕自己死后,狗遭噩运,所以很早就立下遗嘱,死后,那五千多万元遗产归贝比所有,只有等贝比正常死亡后,再由第二继承人,也就是她唯一的亲人——侄儿莫尔斯继承。也就是说贝比只要出点意外,莫尔斯只能空欢喜一场,丧失继承权了。为此,去年姑母去世后,莫尔斯辞去工作,在家专门伺候那只叫贝比的狗,生怕出一点意外。

莫尔斯对电话那一头的男人说:"这一年来我没去工作,已经负债几万元了。我现在只有这个儿子,实在拿不出一百万元,如果你肯放回我儿子,我情愿卖掉房子,把所得款全都给你。"

"看来你比我还穷。"电话那头的男人听完莫尔斯叙述,声音软下来，"我也说实话吧！去年我的儿子被人绑架了，我竭尽全力凑了五十万才赎回儿子，可现在负债累累，被讨债者逼得迫不得已才想出这么个办法，以为你为找一只狗肯出十万，为了儿子拿出一百万肯定没问题，谁知会是这么个结果！我只想找个大富翁匀几个钱花花，花你卖房子的钱我于心何忍呢？"他说到这里叹了口气，"还不如干脆做回好人，放回你儿子。"

莫尔斯简直不相信自己的耳朵："真的？"

"不过，以后你真的成了阔佬，我会找上门的！"电话挂断了。

过了两个多小时，莫尔斯的儿子小汤姆真的回来了。小汤姆说，那天一位送狗来的人说贝比在他家里，让小汤姆去认一认，不料出门上了一辆汽车，小汤姆就被蒙上了眼睛，这两天眼睛一直被蒙着，也不知被带去过哪里。

莫尔斯抱住儿子百感交集，他当即决定带儿子去找姑母的律师，放弃遗产。

"什么——"律师听了莫尔斯的话，惊讶得差点掉下眼镜。

"是的！"莫尔斯坚定地点点头，紧紧搂着小汤姆，"这一年来，为了这只狗，我失去了工作，失去了同事、朋友，还差点失去儿子。我不想像姑妈那样，虽然有钱，但却孤孤单单，毫无生趣。我以后不再会为这些钱去伺候一只狗，浪费自己的生命了。我要过全新的、有意义的生活。现在请你一起到我姑妈墓前，我要烧毁这份遗书。"

于是，他们一齐来到郊外一处僻静的墓地，找到了莫尔斯姑妈的坟墓。跑在前面的小汤姆突然尖叫起来："贝比！爸爸，贝比在这里！"

莫尔斯和律师急忙走过去，只见那只叫贝比的狗静静地躺在墓碑前，已死去多日了……

（刘六良）

（题图：魏忠善）

二十年前的收据

十九世纪初，法国南部一个小镇上，有个钟表匠，名叫杰夫。

杰夫聪明好学，十八岁那年，就开始独立经营一家钟表修理店了。他还有一个非常漂亮的女朋友，叫珍妮，他们情投意合，已经到了谈婚论嫁的时候。但杰夫还没有足够的钱给珍妮买戒指，他只好努力工作，尽量多赚一点钱。

那时候，手表是奢侈品，只有社会名流和有钱人才佩戴，因此，修理钟表需要特别小心，杰夫也一样。而且为了防止弄错，杰夫不但在收据上写明顾客送来修理的钟表的牌子、特征以及送来修理的日期，还专门设计了一种纸盒。收据一式两份，一份给顾客作为取表凭证，另一份则由杰夫留存，放在纸盒里，与要修理的钟表放在一起。

这天，一位妇人按期来钟表店取她一个月前送来修理的一只手表。可是，当她从杰夫手里取过纸盒打开一看，竟失声尖叫起来："这不是我的表！我的表明明是才买的，怎么变得这么旧了呢？"

杰夫一脸惊讶："这怎么可能呢？"他从妇人手中接过手表，翻来覆去地对照收据，看了好一会儿，又逐个在别的纸盒里查找。

妇人着急地说："先生，一定是你弄错了吧？你知道吗，这表是我花了两千法郎买来的！"

要知道，两千法郎在当时可不是一个小数目，像杰夫这样的钟表匠，干三个月还不一定能挣到这么多。

杰夫叹了口气，苦着脸说："对不起，夫人，事已至此，只能由我来赔了。请您三天以后来拿钱，好吗？"

三天后，妇人果然从杰夫手里拿到了两千法郎。

那个周末，杰夫与珍妮约会，可奇怪的是，珍妮第一次失约了，杰夫找遍了整个小镇，也没有珍妮的踪影。几个月过去了，珍妮就像断了线的风筝，杳无音信。

……

二十年过去了，杰夫依然经营着他的钟表修理店。这天，像往常一样，杰夫在店里忙活着，突然有个年迈的老妇人走进店里，拿出一张收据，递给杰夫："请问，还记得这个吗？"

杰夫接过收据一看，上面有自己的字迹：该表遗失，已赔。他惊愕地抬眼仔细端详来人，终于认出眼前这个老妇人，就是二十年前要他赔表的那个妇人。

杰夫疑惑地问："怎么啦？夫人，出什么事了吗？"

老妇人有些激动，说："虽然时间过去了这么久，但是我觉得还是应该再来一次，告诉你事情的真相。"

"真相？"

"是的,事情的真相。其实,当年那只旧表就是我的,你并没有看走眼。我相信,当时你心里完全清楚是怎么回事。"

杰夫的脸微微有些发红:"您……您这是什么意思?"

老妇人笑了笑,说:"好吧,还是让我把真相告诉你吧!"

原来,二十年前老妇人的丈夫突然生病去世了,留下老妇人和女儿相依为命,日子过得非常艰难。巴黎一位亲戚很同情她们母女俩的遭遇,便邀请她们去巴黎一起生活。但老妇人的女儿不想走,因为她正在和杰夫谈恋爱。女儿以前从来没有对老妇人提起过恋爱的事情,老妇人对杰夫一无所知,想到女儿将留在小镇上和一个不知根底的男人生活一辈子,老妇人心里非常担忧,于是决定考验一下杰夫,看看他人品怎么样。为了能在短时间内判断出杰夫的为人,老妇人想出了一个办法,即把丈夫留下的一只名贵的手表送去给杰夫修理。

"其实,我那只旧表至少值一万法郎,你是这方面的行家,一定知道它的价值。可是很遗憾,你没有……"

杰夫顿时惊呆了:"原来您就是珍妮的妈妈?"

真相大白!杰夫后悔莫及。他当时只想早些给珍妮买结婚戒指,却没能顶住一万法郎的诱惑。贪图小利的一念之差,就这样葬送了一段甜蜜的爱情……

(黎 庶)

(题图:箭 中)

防不胜防

　　罗格是个默默无闻的小职员，一直过着捉襟见肘的生活。可是从今往后，一切都将不同了，他亲爱的本杰明叔叔留给他的遗产，从今天开始生效了！那可是一大片林区和庄园啊，能给他带来滚滚财源。毫无疑问，罗格要发财了！

　　罗格迫不及待地驾车直奔本杰明叔叔的林区，五个小时以后，他到达了那里。车在横穿林区、通往庄园的路上行驶，看着一排排穿天大树从车窗外一闪而过，罗格的心情真是好极了：有了它们，今后赚钱就可以像大风刮掉树叶那么容易啦！但是高兴了没多久，他心里就冷了半截。为啥？因为这么大一片林区，只有一半是属于他的，和他平分叔叔遗产的，是他的妹妹梅莉萨，还有妹夫乔治。

乔治以前是本杰明叔叔生意上的帮手，罗格总觉得乔治娶他的妹妹就是想霸占本杰明叔叔的财产。罗格和乔治曾经因为言语不和干过一架，从那时起，他们彼此就再没有说过一句话。果然，当罗格来到庄园时，看到乔治正在指手画脚地指挥工人们干活，他心里暗骂道：这小子，俨然成小老板了？我一定要让他的如意算盘落空。

乔治看到罗格，倒一反往日的冷淡，热情地迎上来和他打招呼："你好，罗格，你来了真好。"罗格忍着，朝他点点头，于是两人一起走进屋子。

客厅里，漂亮的长桌上摆着冷盘，还有红酒，罗格看了心里更闷闷不乐了。他心想：这两口子，在这儿过得倒挺滋润呀！

妹妹梅莉萨看到罗格来了，像小鸟一样扑上来和罗格拥抱，然后转身从长桌上端起一杯红酒，说："你能来真好，我们正想和你商量，这片林区我们今后想亲自料理，乔治对此很在行。当然，我们会给你足够的补偿。"

"不行，"罗格一听梅莉萨这么说，想都没想，立刻拒绝，"我也要进入森林企业，经营属于我的那一份。"

梅莉萨显然有些吃惊，说："你是认真的吗？你一向对森林不了解，也没有这个兴趣呀！难道你愿意承受这么大的压力和责任？"

罗格冷冷一笑，鼻子里"哼"了一声，他做梦都想当大企业主，拥有权力和威望。他坚决地对梅莉萨说："我早就想好了，一定要自己打理属于我的森林，这件事没有什么可以多讨论的！现在，我想到房间里休息去了。"

罗格拿着自己的行李，来到二楼房间，进去之后"啪"把门重重地关上了。但是不一会儿，他又轻轻将门开了一条缝，他想听听乔治和梅莉萨对他的态度有什么反应。

只听梅莉萨在说："我们不能让他留在这个世上！"

而乔治立刻回答说:"是的,这是唯一的机会。"

罗格吓得赶紧关上门。一阵惊恐之后,罗格决定不动声色:既然已经知道他们要将自己置于死地,只要能抓到证据,就有办法让他们因此而去坐牢。那样的话,整个林区和庄园今后不就是自己一个人的了?

第二天吃早餐的时候,罗格表现得很镇定,丝毫没让乔治和梅莉萨看出他已经知道了他们的秘密。而乔治和梅莉萨也对罗格出奇的热情,不断地招呼罗格吃这吃那的。罗格冷眼观察着,看他们招呼他吃的东西他们自己是否也吃,因为他们完全有可能在食物里下毒。但观察了许久,这对夫妇胃口大开,各种食物无所不吃,于是罗格也就放心地吃了起来。

早餐就要结束的时候,梅莉萨甜甜地对罗格说:"我们想过了,管理林区的事我们后天再谈吧,明天是你的生日,我们得好好庆祝一下。"

罗格点点头,但他心里却在猜测:看来他们马上就要动手了。自己可得处处小心啊!

整整一天,罗格一直在林区察看,他想尽快熟悉情况。等他回到庄园的时候,天已经快黑了,客厅里空无一人。他悄悄来到乔治和梅莉萨的房间门口,把耳朵贴在门上,听到他们似乎在谈装什么东西的事情,但听不太清楚。最后,只听梅莉萨说:"今天晚上就应该把它装好,明天就来不及了。"乔治说:"好,我现在就去办!"

乔治要出来了!情急之下,罗格立刻把自己藏到了楼梯底下的一个角落里。他看到乔治提着工具箱从房里走出来,径直朝门外的车库走去。他们到底要装什么东西呢?罗格实在难以猜测,他心里真是又气愤又恐惧。

第二天就是罗格的生日,但罗格却心事重重,因为他不知道将会发生什么。一大早他就起了床,走出房间,下楼来到客厅,透过长长的落地玻璃窗,他猛然看到院里停着一辆漂亮的蓝色跑车,上面还系着一条五米多长的玫瑰色生日饰带。

罗格四下一看,没有乔治和梅莉萨的身影,看来他们出去了。罗格心里说:原来他们就是想在这上面装东西做手脚啊!哼,休想耍这种阴谋来杀死我,做梦! 他跑回客厅,打电话约来两名机械师,对他们说:"你们好好替我检查一下这辆车子,每一个零件都要仔细看,不能放过任何能引起车祸的故障。"

看着这辆系着彩带的全新跑车,两名机械师对罗格的要求感到非常奇怪,在罗格的一再催促下,他们一一检查了跑车的每一个部件,轮胎、发动机、底盘……可什么问题也没发现,都说这是一部非常灵敏的跑车。

罗格一时没了辙,甚至怀疑会不会是自己听错了。就在这时候,乔治和梅莉萨开着一辆客货两用车回来了,"嘎"的一声停车声,把罗格和机械师吓了一跳。

梅莉萨跳下车,茫然地问道:"发生什么事了?"

罗格突然觉得很不好意思,涨红着脸,吞吞吐吐地说:"我……我怀疑你们……"为了证明自己不是在无理取闹,罗格讲了自己昨天在他们房门外偷听到的话。

乔治一听,哈哈笑了起来,宽容地说:"我们只是想帮你装个音箱而已啊!"他一边说,一边转身从客货车上取下两个音箱,"本来昨天就想装的,因为线路不配套,所以我们今天一大早就去了电器商店,想赶早帮你装好。"

听乔治这么一解释,罗格明白了,可再一想,又好像还没明白,嘟哝着说:"可我怎么听你们在说,'不能让他留在这个世上'?"

梅莉萨惊异地朝罗格嚷起来:"你真的是误会啦! 我们其实是在说我们彼此的关系,因为今后要共同管理林区了,所以应该重新开始我们之间的关系。我和乔治都愿意努力啊!"

"对不起,我打断一下,"一个机械师说,"我们已经检查过了,这辆车一点问题都没有,真的是一辆绝顶漂亮的好车。现在,我们可以把它装回原样了吗?"

罗格无话可说了,只能一个劲地向乔治和梅莉萨道歉,可他们夫妇俩丝毫没有怪罪他,这让罗格心里很不是味儿。

傍晚,罗格开着这辆"生日礼物"去林区里兜风。虽说误会已经解除,这几天笼罩在心头的恐惧似乎消失了,可他心里总觉得有点遗憾,本来是可以把乔治和梅莉萨送进监狱的,但现在他们没想过要害他,他倒没办法下手了。接下来自己该怎么办呢?他一边开车,一边胡思乱想着。

就在这时,他突然看到前面树林边站着一个人,好像是乔治。罗格不禁有些纳闷,乔治怎么会突然在这儿呢?他来干什么?但他看得不是很清楚,因为前面有个拐弯挡住了他的视线。

罗格加大油门,想拐过弯去看个究竟,可就在车子刚刚拐过去的一瞬间,路旁码好的一堆庞大的树干发出了响声,最上面的一根滚落下来,正好挡在路上。跑车直冲着树干撞上去,车子立刻飞了起来……

在失去知觉之前,罗格看清楚了,站在那里的人的确是乔治,正微笑着向罗格招手。乔治的确应该笑,因为从此,本杰明叔叔的林区和庄园就属于他和梅莉萨了。也就在那一刻,罗格终于明白了:他们做下的"机关",其实不是做在车上,而是做在这堆树干上。

梅莉萨说得对,罗格的确对森林不了解。

(李 萍 改编)

(**题图:**箭 中)

贼心不改

　　巴克是个江洋大盗,专门偷窃珠宝店的名贵珠宝,并且屡屡得手。不过俗话说:再狡猾的狐狸,也逃不过猎人的手。正当他踌躇满志地对珠宝店一颗价值上千万美元的钻石"自由星"下手时,他被警察逮了个正着,于是在监狱里一蹲就是二十年。

　　斗转星移,二十年过去了。出狱之后,巴克最想做的一件事,就是去看儿子维尔。巴克入狱时,维尔刚满七岁,这么多年了,父子俩还未曾见过一面。如今,维尔会不会认他呢?

　　经过一番周折,巴克打听到维尔现在住在一幢别墅里。他来到别墅前,按响了门铃。

　　很快,就传来了脚步声,一个年轻男人来开了门:"请问,你找谁?"

巴克的心激动得"怦怦"直跳,他上下打量着眼前这个男人,这眉眼、这嘴角,简直和自己记忆中小时候的维尔一模一样! 他不由脱口道:"你是维尔? 你一定就是维尔!"

年轻人点点头:"是的,我是维尔。请问,你是谁?"

"我……我是你父亲巴克啊!"

维尔浑身一震,手里的烟掉到了地上。

巴克喃喃道:"维尔,我对不起你。如果你不能原谅我,我可以马上离开。"

维尔一把抱住巴克,眼泪夺眶而出:"爸爸,你回来了就好。你已经受到了惩罚,让我们忘掉过去,重新开始吧!"

巴克哽咽着说:"是的,重新开始,咱们重新开始! 维尔,我答应你,我一定不再去偷……"

巴克说到这儿,这对分别了二十年的父子抱头痛哭。

就这样,巴克和维尔开始重新生活在了一起。维尔的工作好像很忙,常常深更半夜才回家,巴克从不过问儿子的事,他就像个老保姆一样,把家务事打理得井井有条,他只想通过这种方式来弥补自己的过错。

这天深夜,维尔回到家里,看见巴克房里还亮着灯,就轻轻推门走了进去,没想看到巴克正在埋头整理以前用旧了的一大堆盗窃工具。他惊叫起来:"爸爸! 你……"

巴克被维尔吓了一跳,猛一抬头,尴尬地笑了两声:"我……我正要丢掉它们。"

"是吗?"维尔冷冷地说,"这些东西容易扔掉,可你心里的念头却扔不掉!"

巴克愣了愣,说:"维尔,你听着! 前些天,老朋友罗里告诉我,他打听到了自由星的下落,这次我一定要把它拿到手。我发誓,这是我最后一次干了。"

"可是爸爸,"维尔愤怒地叫起来,"你答应过我要重新做人的！"

巴克朝他摇摇头："维尔,上次失手是我一生的耻辱,所以我绝不能放弃这次机会,对我来说,没有什么比替自己洗刷耻辱、比得到这颗钻石更重要的了。"

维尔沉默了半天,瞥了一眼巴克,说："你还是先看看你自己吧！瞧你那肚子,还有这一身肥肉,我看你是痴心妄想！"

巴克下意识地摸了摸自己鼓出的肚皮,脸色黯淡了下来,他重重地叹了口气："是啊,我确实不是当年的大盗巴克了。"

维尔趁机劝他："所以,爸爸,你还是乖乖地在家里做我的老父亲吧,别再胡思乱想什么自由星了！"说完,维尔退出了房间。

第二天一大早,维尔睁开惺忪的眼睛,懒懒地起了床。他拉开窗帘,刚刚呼吸了一口新鲜空气,突然看到巴克穿着一身运动服从窗前跑过。

巴克也看到了维尔,笑容满面地说："维尔,昨天晚上我给自己做了个健身计划,过不了多久,你准会看到我变成了一个强壮的老小子！"说完,他"一二、一二"地继续跑了起来。

望着巴克跑远了的背影,维尔陷入了沉思。

几个星期后,老朋友罗里告诉巴克,自由星已辗转到了一个富商手中,最近将要被镶嵌到一条项链上,正是行动的好时机。恰巧这天,维尔告诉巴克说,他要外出几天,再三叮嘱巴克在家呆着不准出门。巴克嘴上连声答应,心里却求之不得。

维尔走后,巴克决定铤而走险立即行动,即使没有绝对成功的把握,他也一定要试一试。巴克不知道自己这一去凶吉多少,于是他走进楼上维尔的书房,想给儿子留一封信。

只见维尔房里的书架上堆满了关于珠宝知识的工具书,墙上还有一张装裱考究的证书。与维尔同住的这段时间里,巴克从来没有踏进过维尔的房间,他还是第一次看到这些。他凑上去细细一读这张证书,不由大吃一惊:维尔竟是城里最高一级的珠宝镶嵌师！不知为什么，巴克心里突然有了一种不祥之感。

就在这时，电话铃急促地响了起来，是他老朋友罗里打来的："巴克，是你干的吗？你的胆子可真不小啊。"

巴克愣住了："我干的？我干了什么？"

罗里说："自由星呀！那富商请了一个高级镶嵌师，要他把自由星镶到项链上，没想这镶嵌师居然是个偷换高手！听说他在珠宝店的下水管道上凿了个洞，洞上面安了一块强力磁铁，他用赝品将自由星调包后，将它装进了一个小铁盒，然后把盒子扔进抽水马桶抽进下水道……"

电话那头罗里还没说完，这边巴克的额头已渗出一层汗珠，他摔下电话，疯了似的直冲向大门。就在这时，他一头撞上了一个人。谁？维尔。

维尔疑惑地望着巴克："爸爸，你要去哪里？"

巴克一把将维尔拉进屋子，然后死死关上了门。

"爸爸！你到底怎么了？"

"我怎么了？我倒要问问你都干了些什么？"巴克抓住维尔胸前的衣襟，警告说，"说实话，不然我会揍死你！"

维尔干笑了两声，说："我一直在工作啊！还带回了你最想得到的东西！"

"你……你偷了自由星？"

"怎么了？有什么不对？你不是一直想得到它吗？"维尔轻轻推开巴克的手，从怀里取出一个小盒子，放到桌上，"爸爸，既然你这么放不下自由星，我就替你把它带来了。因为我知道，以你现在的身手去偷的话，一定会被再次抓住，而真要这样，我们这辈子或许就再也见不到了，所以我帮你完成了心愿。现在，自由星是你的了！"

巴克像被当头猛击一棒，重重地瘫坐在了椅子上："儿子，你怎么这么傻？警察会抓住你的，为了一颗钻石，你把自己大好的前途都毁了!"

维尔却满不在乎地说:"爸爸,你不是说,没有什么比这颗钻石更重要的了吗?现在,它是你的了,难道你不想看一看?"

巴克嘴唇哆嗦着,用颤抖的手打开了桌上的小盒子。一点没错,里面有一条项链,项链上缀着的,正是他日思夜想了二十年的自由星!可是这时候,他心里却一点没有兴奋的感觉,相反,他看着这颗钻石,不由老泪纵横:"二十年前,为了这颗自由星,我离开了你。想不到二十年后,我们刚刚在一起,为了这颗自由星,你又要离开我。维尔,我连累了你,这都是我的错啊!让我替你入狱吧,我去警察局自首……"

维尔静静地看着父亲,过了片刻,忽然哈哈大笑起来。

巴克被他笑愣了。

维尔说:"好了!爸爸,其实我是在对你说谎,我根本没有去偷自由星。"

"没有偷?那这颗自由星是哪里来的?"巴克抓住儿子的胳膊,咆哮道。

"我是去镶嵌自由星了,可是我没有偷它。我的活儿做得很漂亮,那个富商非常满意,于是我恳求他让我用自己所有的资产和名声做抵押,拥有它一个晚上,他答应了。"说着,他拿起了这条镶嵌着自由星的项链,"当然,还要谢谢你的老朋友罗里,他帮我一起撒了一个善意的谎。我们这样做,只是为了让你不再离开我,爸爸!"

巴克呆呆地站在那里,嘴唇哆嗦着。终于,他一把抱住维尔:"好儿子,今天我才懂得,这个世界上最重要的,不是钻石,不是珠宝,不是自由星,而是我们两个能够在一起!直到今天,我才真正知道了什么是自由!"

(建　霖)

(题图:箭　中)

魔鬼比尔

星期天早晨,罗伯特和妻子琳达起床后,坐在农场的花园里喝早茶。

琳达一边悠闲地喝着咖啡,一边读着罗伯特从邮递员那里拿来的早报。忽然,她的眼睛死死地盯着报上一行醒目的标题,脸色"刷"地变了,手里的杯子"叭"掉到了地上。

罗伯特惊讶地问她:"你怎么啦?是哪儿不舒服吗?"

琳达一惊,掩饰道:"不,没什么,可能是昨晚没睡好,头有些晕,休息一会儿就没事了。"说完,她有些吃力地站起来,离开花园向房间走去。整整一天,琳达都把自己关在房间里,反复地看那份报纸,而且越往下看,越惊恐不已。

报上说,警方目前正在搜捕一个外号叫"魔鬼比尔"的精神病人,该病人从精神病院逃出以后,在不到一个星期的时间里,总共杀死了六名无辜的中年妇女,还将她们的尸体肢解后抛弃在大街的垃圾桶里。另外,据警方介绍说,这些受害者都有一个共同的特征,那就是她们除了年龄相仿外,都长着一头火红的头发。琳达之所以对这条消息如此关注,不仅因为她也有一头红发,而且这个叫比尔的人,曾经还是她的情人。

两年前,琳达在滑雪胜地认识了比尔。那时候,琳达刚和第一任花花肠子的丈夫离婚,心情很不好,在滑雪场上精神一直无法集中,不小心摔进了一条深沟里,是比尔救了她,并把她背回酒店。比尔当时是个学美术的大学生,蓄着一头长发,很有艺术家的气质,那一夜,他留在琳达的房间里,他们彼此都疯狂地爱上了对方。

可是后来当问及年龄时,琳达才吃惊地发现,比尔足足比她小了十五岁,她差不多可以做比尔的母亲了。为此,琳达感到十分不安,所以当比尔提出结婚时,琳达断然拒绝了,可比尔却一再向琳达表示,爱情不分年龄,他今生今世只爱琳达一个人。琳达很感动,但她无法接受比尔的爱,为了让比尔死心,她匆匆嫁给了现在的丈夫罗伯特。

听说,比尔就是在听到琳达嫁人后,突然发病住进精神病院的。当消息传到琳达的耳中时,琳达差点晕倒,因为她觉得是自己害了比尔,有好几次,她都想瞒着丈夫罗伯特跑去探望比尔。现在报纸上把比尔描绘成一个变态的杀人狂,这让琳达感到既恐惧又绝望,她简直不敢相信,过去那个性情温和的比尔,竟然会在一夜之间成了冷血的杀人魔王。

第二天早上,琳达没有起床,是罗伯特亲自将早点和当天的早报送到房间里来的。等罗伯特刚一离去,琳达立刻就从床上跳起来,她抓起报纸一看,果然发现上面又有了比尔的新动向。报上说,昨晚警方又在距农场不到三十公里的洛克镇,发现一具被肢解的女尸,死者仍旧是个红头发的中年妇女。而且在这之前,报社还接到比尔打来的电话,说他的下一个目标,是想杀他最后、也是他真正想杀的人……

看到这里,琳达不禁倒吸了一口凉气。当晚,她就在自己的卧室里服毒自杀了!

就在琳达自杀后不久,罗伯特破门而入,面对琳达的死亡,他没有半点惊慌和痛苦,而是在房间里搜索,像是在寻找什么。但显然是什么也没有找到,罗伯特皱起了眉头。

就在他转身的当儿,房间里突然多出一个人来。

"比尔?"罗伯特惊恐万状地叫起来。

比尔像幽灵似的从黑暗中走出来,冷冷道:"你是在寻找什么东西吧?"

罗伯特吓得目瞪口呆,半天说不出一句话来。

比尔说:"可惜,你晚了一步。半小时前我翻墙溜进房间时,万万没有料到琳达竟然自杀了。一开始,我怎么也想不通她为什么会突然要自杀,后来发现了她床头边的那两份报纸,我立刻醒悟过来,这是一场阴谋,阴谋的制造者不是别人,就是你罗伯特!"

"你……你胡说!"罗伯特紧张得有些语无伦次,"我……阴谋……制造……"

比尔举着手里的报纸,冲罗伯特说:"这两份报纸你作何解释?上面有关我的那些文字,看上去的确怪恐怖的,但它全是你炮制出来的。事实上,我早在两个月前就已经康复出院了,我这辈子最讨厌的就是暴力。毫无疑问,你费尽心思伪造这两份报纸,目的只有一个,就是逼琳达走上绝路!"

罗伯特一边听,一边害怕地直朝后退。可就在退到桌子边时,他突然抓起桌上的一把水果刀,狂喊着:"没错,我就是要逼她走这条路。那两份报纸的确是我花钱雇人印出来的。我偷看过琳达的日记,知道了你们之间的事,可以说我的犯罪灵感就是在看完她的日记后冒出来的。琳达平时不喜欢看电视,每天早上看报则是她的习惯,昨天是星期天,女佣放假回家了,我就利用了这个机会,没想到事情会进展得这么顺利。现在我甚至不怕告诉你,如果我不这样做,那这辈子我就休想得到她的财产。"

比尔冷笑道:"你以为你真的能得到她的财产吗?"

"那当然!"罗伯特得意地说,"我曾经是她的财务顾问,没有把握的事,我从来不干。"

"你……"比尔痛苦不堪地说,"天哪,世上的事为什么这样不公平? 我是那么爱她,可却得不到她;而你,不仅能轻易地把她骗到手,还能轻易地让她去死。"

"哈哈哈哈!"罗伯特恶狠狠地回敬他说,"只有你这样的白痴,才会傻乎乎地爱着一个女人。既然你那么想得到她,那么我现在就成全你,让你到另一个世界去和她相会吧!"

说着,他举刀就朝比尔逼来。

跟比尔比起来,罗伯特不仅高出他一个头,而且身体也比他强壮有力。眼看罗伯特就要扑向比尔,没想到比尔却突然掏出一把手枪来,黑乎乎的枪口不偏不倚正对着罗伯特的胸口。罗伯特顿时傻了眼,握刀的手僵硬地停在半空中。

比尔表情痛苦地说:"我说过,我讨厌暴力。我这次来,本来只是想见琳达最后一面,然后找个安静的地方,用这把枪来结束自己的生命。但是现在,我改变主意了!"

罗伯特顿时面无人色:"比尔,别乱来。只要你愿意,我可以将琳达的一半财产分给你。"

比尔呜咽道:"不,我不要什么财产,我只要琳达能活过来!"

在枪响前的几秒钟里,说真的,罗伯特也希望琳达能够复活……

(弋 森)

(题图:箭 中)

致命的谎言

　　川岛是个靠骗女人的钱生活的骗子,他一年一座城市,从北到南一直骗过来,而且没有栽过跟头。他为自己有如此能耐而得意洋洋。

　　这回,在一次滑雪的时候,他认识了一个叫纯子的女人。川岛认为纯子是个十足的蠢货,连他川岛的底细都没弄清楚,就爱上了他,而且在他们认识的第二个星期就把川岛带回了家。看到纯子家那奢华的摆设,川岛乐坏了,他知道自己钓到了大鱼。

　　可是,纯子的父亲笠原先生对于川岛的到来并不欢迎,当纯子向他介绍川岛的时候,他瞪着一对小眼睛足足打量了川岛两分钟,然后说:"纯子从小就没有母亲,她是我唯一的女儿,只要我还有一口气,我就绝不允许任何人欺负她。"

　　川岛连连附和："那是,那是,谁要是敢欺负她,我也不会答应的。"

　　从那天起,川岛在纯子家附近的宾馆开了一个房间,然后开始频繁地出入纯子家。他也终于知道了,纯子的父亲笠原先生是一家汽车制造公司的总裁,家产过亿,是当地有名的富豪。搞清了这些,川岛十分兴奋,他现在要做的,就是从纯子那里骗到他想要的大把大把的钱。

　　但是,当纯子已经把一个女人的全部感情投向川岛的时候,却遭到了笠原先生的坚决反对,笠原先生绝不答应女儿跟一个背景不清不楚的人结婚。为此,父女俩闹翻了。

　　见父女俩闹翻,川岛却偷着乐,他怂恿纯子想办法从父亲那里弄钱来,然后两个人私奔。听了川岛的话,纯子吓坏了,连声说："不,不! 爸爸就我一个女儿,我怎么可以……"

　　川岛赶紧解释道："纯子你听我说,我并不是要你抛弃他,我是说我们暂时离开一段时间,等过了一两年我们有了孩子再回来,到那时他老人家就没办法了。要是我们现在不走的话,他肯定会拆散我们的,难道你就甘心……"

　　纯子说："川岛君,你让我好好想想,可以吗?"

　　经过一个星期的反复考虑,纯子答应了,但她要川岛承诺,两年后一定要回来,川岛当然很爽快地点头了。

　　深夜,川岛在宾馆的房间里接到了纯子的电话,说她已经偷偷从父亲账户上支取了一大笔钱,她让川岛去银行开一个账户,她会很快把钱转过去。川岛一听,乐得再也睡不着了,第二天立即行动。

　　果然,钱很快就转入了川岛的新账户。随后,川岛立即退了宾馆的房间,同时订好了去另一个城市的机票。临行前,他决定给纯子打个电话,向她道一声谢,他认为这样很有趣。

　　电话通了! 可是,还没等川岛开口,纯子突然在电话那一头哭起来："川岛君,你快来……我爸爸……他……他出了车祸,已经不行了……"

老头子快死了?那他的所有遗产不是全留给纯子了吗?刹那间,一个更大的计划在川岛脑子里产生了,他并不满足刚刚到手的账户上的钱,他要把笠原的全部财产都骗到手。于是,他假惺惺地安慰纯子说:"别怕,我就过来,有我呢!"

川岛赶到医院时,笠原已经咽气了,纯子趴在父亲身上哭得很伤心。看到川岛,纯子好像是抓住了一根救命草,扑到川岛怀里就昏了过去……

接下来,川岛就以纯子未婚夫的名义,主持了笠原先生的丧礼。

笠原的遗产比川岛估计的还要多,除了公司,他还有大量的股票以及房产。为了合法地得到这一切,发誓不结婚的川岛立刻和纯子订了婚。

订婚后,川岛就开始着手下一步行动。很多年前,他曾从一个江湖郎中手里买过一种可以使人短暂发疯的"疯癫丸",他打开箱子,找出密盒,打开,从里面取出几颗黄豆大小的丸子,将它们碾碎,偷偷拌在纯子的饭碗里……

为了要让别人知道纯子的确是发了疯,川岛常常在晚饭后假装散步,将纯子带到住宅区的中心花园,他挽着纯子边走边跟邻居打招呼,而纯子走着走着就会突然大叫起来,对邻居又踢又打,又哭又笑,川岛于是就趁机一边拉开纯子,一边向邻居道歉:"对不起,对不起,父亲的死对她的打击实在太大了。"

那些邻居很同情纯子,于是就帮着川岛把纯子送进医院。在医院里,纯子还是哭闹不休,最后医生不得已,只得给她打了一针镇定剂,她才慢慢地睡过去。在医院住了几天,纯子很快就恢复了正常,医生一时也查不出其他病因,就让纯子出院了。

可谁知从此,生活区里的人,尤其是小孩子,见了纯子就躲,还大叫："疯子来了，疯子来了，快跑呀！"纯子惊呆了，哭着问川岛："为什么送我去医院？为什么？难道我真的疯了？"川岛抱住纯子，使劲挤出两滴眼泪，说："亲爱的，就算全天下的人都远离你，我也不会离开你，你放心，我会好好爱你一生！"

但尽管这样，邻居们对纯子敬而远之的态度还是让纯子受不了，她怀疑医生没有将真话告诉她，于是就追着川岛问。川岛皱着眉头不说话，纯子急了："你不跟我说实话，我就从这里跳下去。你一定要告诉我，我到底得了什么病？"

"这……"川岛装出很为难的样子，故意吞吞吐吐地说，"医生说，你有精神病，你现在只是初期，时好时犯的，再过些时候，恐怕会更严重，到那时你会整天在街上乱跑，骂人啦，抢东西啦，你会什么都干……哎呀，看我，怎么什么都跟你说了呢！不过你放心，我一定会好好照顾你一辈子的，我怎么会让你到街上乱跑，去骂人、抢东西，干那些丢脸的事呢？"

"丢脸的事？我怎么能去干丢脸的事呢？要是那样的话，还不如趁现在明白的时候，死了的好。"

纯子这么说，川岛心里真是狂喜不已。但他表面上却装出非常焦急的样子，劝纯子道："亲爱的，你千万不能这么想，我可舍不得你去死。虽然我们还没有正式结婚，但我们现在应该算一家人了是不是？趁你现在还明白，有件事我不知该不该说？"

"什么事？"纯子惊讶地看着川岛。

川岛显出难以启齿的样子，磨蹭了好一会才说："说出来，我怕你误会，认为我是一个骗子，其实我从心底爱着你，这一点老天可以作证。我要说的是……我怕有一天你管理自己的财产会很困难，当然，我只是说，有一天。如果……如果真要这样的话，我们是不是现在就去公证一下，让我来替你管理？这……这可是关系到我们俩一辈子的事呀！"

纯子歪着脑袋，好像很认真地想了想，然后说："你说得有道理,这事儿咱们明天就去办。现在我要睡了,晚安!"

看着纯子躺在床上那呼呼熟睡的样子,川岛得意地笑了,他看到自己正在一步步地走向成功,于是也呼呼进入了梦乡。

睡到半夜,川岛被惊醒了,睁开眼睛一看,他惊奇地发现,自己的手脚竟然被捆了个结结实实。猛抬头,看到纯子就坐在床对面的沙发上,正痛苦地望着他。

川岛心里一惊:难道纯子看破了我的诡计? 他小心翼翼地问:"我……我喝酒了?"

"没有。"纯子摇摇头,"对不起,我把你捆起来,只是不想你来阻止我。既然我得了这种病,活着还不如死了的好。亲爱的,我就要走了,我已经写好了遗嘱,你是我唯一的继承人,你看。"说着,她朝川岛挥挥手中的纸。

川岛差点要欢呼起来,但此刻他硬装作一副万分痛苦的样子说:"不,纯子,你不能去死。你死了,让我一个人可怎么活?"

纯子听了,感动地说:"哦,川岛君,你说的都是真话吗? 可是我把钱都留给你了呀!"

"我不要你的钱,我只要你!"川岛肚子里直想笑,但觉得戏还没有演完,得接着演。

"你叫我说什么呢,亲爱的……"纯子被感动得泪流满面,"我知道你是不会要我钱的,但遗嘱我还是要交到你的手里。"纯子说着,把遗嘱在川岛的面前展开,让他看。

川岛睁大眼睛看着,他的心在狂跳,那么多的钱突然成了他的,并且是合法地拥有,他激动得脸都红了。但他没忘了演戏:"哦,纯子,你不能去死,如果你死了,我也会跟你一起去死的,我绝不要一个人活着。"

纯子把遗嘱塞到川岛手中,伸手在他脸颊上轻轻拍了一下,说:"这个还是你收着,就算去了天堂,我们也不会缺钱花的。亲爱的,你放心,我不会那么残忍,把你一个人孤零零地留在这个世界上,我会带你一起走。你看那里,我都准备好了。"

"什么,你说……什么? 一起走,啊,不……"川岛顺着纯子手指的方向看去,看到不远的墙角边多出了三个煤气罐,他顿时吓得魂飞魄散。

"是的,我们一起去天堂。"纯子边说边走过去,先关好了窗户,然后拧开了三个煤气罐的开关,不一会儿空气中就散发出煤气的臭味。更要命的是,这时候,川岛看到纯子的手中出现了一个打火机。

川岛急急叫道:"啊……不,纯子,求你了,快给我松绑,我……我不想死……"

纯子说:"你不是说没有我,你也不活了吗? 那我们就一起去天堂!"

"不,你不用死,我们都不要死。"

"你以为我想死吗? 可我既然得了这种病,与其活着丢人现眼,还不如去死。"

这时,房间里煤气味越来越刺鼻,川岛感到了窒息。他从床上滚到地上,一边滚着,一边号啕着:"纯子,你根本就没有病,全都是我搞的鬼,因为我看中了你的钱,是我在你碗里下了药,我卑鄙,我下流……快,天啊,我受不了……快开窗……"

川岛的话让纯子吃了一惊,她愣了愣,突然笑起来了:"川岛君,我知道你非常非常爱我,不想让我死,才编出这样的谎话。其实死没有什么可怕,你别难过,有你陪我,我真的不怕。"

川岛声嘶力竭地狂喊起来:"可我怕……纯子,我怕! 天哪……救命啊……"

但就在他喊声未断时,房间里响起了打火机的齿轮与火石摩擦的声音……

(段海义)

(题图:安玉民)

道 德 尺 度

不该做莫明其妙的事情，不该参加见不得人的秘密勾当，不该把脚踩在眼睛看不见的地上。

错走一步

山东有个叫廖永的,是个常年在外经商的小贩。

这年初夏,他带上家中的全部资产去塞外贩皮毛,谁知上路不久,因水土不服,又偶感风寒,病倒在一家小客栈里,以后便是不断地延医服药,磨磨蹭蹭过了大半年光景,身体才算康复,可带出来的银两已所剩无几。

眼看快过年了,廖永想想家中老母娇妻在倚门翘望,不管咋的,总得回去跟家人团聚吧?于是便辞了客栈,挣扎起虚弱的身子,一路风餐露宿,以乞讨为生,总算回到了自己的家。

白发老母见儿子回来,自然十分高兴,但妻子却是愁眉不展。廖永再三询问,妻子才道出实情。原来廖永外出期间婆媳俩无以为生,只得向左邻右舍告贷,原本指望廖永赚了钱回来还债,谁知他这一病花光了积蓄,如今家里穷得粒米不剩,外有债主逼门,一时不知如何熬过这个年关呢!妻子说到这里,禁不住掉下泪来。廖永问欠了人家多少银子,妻子说:"钱数倒是不多,总共才十四两五钱,但欠的人家却多,有十来户呢!"廖永听着妻子的诉说,想想自己的落魄样,心里酸酸的,一时不知说什么好。

第二天一大早,债主们听说廖永回来了,以为他赚了大钱,都不约而同登门要债来了。廖永万般无奈,只得随口编个诳语说:"银子还在路上,等明天一到,定当如数奉还。"债主们听了,这才陆续散去。

一整天,廖永都心事重重的:明天拿什么去还人家呢?晚上,他躺在床上辗转反侧,怎么也睡不着。翌晨五更里,天尚未破晓,廖永趁一家人还都在熟睡,便悄悄起了床。他先用锅灰把自己的脸涂成一片黑,又从屋角取了根桑木棍子,偷偷出了村子,埋伏在一处山道旁。干啥?等路人呗!自己实在拿不出钱来,只能用这个办法了。

不多辰光,山道上响起"蹭蹭蹭"的脚步声,廖永伏在草棵丛中,见是个戴瓦楞帽的小伙计,身上斜背着一只沉甸甸的青布褡裢,他猜想里面肯定装了不少银子,于是待那小伙计走近时,硬着头皮大喝一声,从树丛里跳将出来。

小伙计吓得半死,战战兢兢地问:"你……你是人还是鬼?"

廖永把手中的桑木棍一横,说:"傻小子,我不是鬼,我是人。你别怕,我只是不想让你知道我的模样罢了。"

小伙计的胆子好像大了一些,问道:"大路朝天,各走一边,你拦我道想干什么?"

廖永说:"不为别的,只想跟你借几两银子花花。"

小伙计这下可慌了神,他取下褡裢,紧紧护在胸前,说:"大哥,这可使不得,这包袱里的银子全是老板的,不关我的事。"原来,这小伙计是附近一个当铺的学徒,正从外村收账回来。

廖永心想:看来不拿出点撒手锏来吓唬吓唬这小子,今天就别想把事情办成。廖永早年在乡里学过几手花拳绣腿,于是把手里的桑木棍舞得风车轮子似的飞转,打得道旁的枯枝败叶四下里乱飞。他朝小伙计吼了一声:"小子,瞧见了吧?快,把钱给我拿出来!"

小伙计这才蔫了,说:"大哥,这褡裢里的银子我全给你,你无论如何不要伤我性命哪!"说罢,乖乖地把褡裢递了过来。

廖永毕竟好人一生,从未干过这种伤天害理的事,一时反倒显得迟疑起来。可一想到天亮之后那帮债主就要上门,他不忍心让老母、娇妻陪着自己再过那种提心吊胆的日子,于是横下心来,迅速打开褡裢袋口,从中抓出几锭银子,又从自己腰间解下一把小戥秤,不多不少称足了十四两五钱,然后把褡裢打叠好,还给了小伙计。他从袖里掏出一张纸条,对小伙计说:"这是我在家里就写好的借据,我向你借十四两五钱银子,到时一定连本带利还你。多谢了!"说完,又对小伙计深深作了一揖。

天下竟有如此奇怪的强盗?褡裢里的银子一百两都不止哪!小伙计愣住了。廖永扫了他一眼,把银子放进口袋,头也不回地走了。回家以后,廖永把这十四两五钱银子全部还给了债主,妻子惊讶不已,怀疑他这笔钱来路不明,追问了好多次,可廖永一口咬定是向外村一个生意上的朋友借的,妻子只得作罢。

这一来二去的,就到了大年三十,村里家家户户买鱼买肉的热闹不已,可廖永家冰锅冷灶,连青菜萝卜也吃不上。廖永心里问自己:"当初为何不多跟人家要点儿银子来打发年关?自己咋就一根筋似的这么认死理呀?"再想想,一回借是借,二回借也是借,要想过个太平年,或许只有再走一次黑道了。思量再三,他用锅灰把脸一抹,拿上那根桑木棍,又悄悄上了路。

天快擦黑了,山道上杳无一人,廖永贼一样地伏在小树林里,又冷又饿。眼看挺不住了,正在此刻,却传来了一串吆喝牲口的声音,廖永不禁精神一振。他抬眼望去,只见山道上"踢踢踏踏"地走过来一条跛腿驴子,驴背上骑着个弯腰屈背的老者,背上也挎着只青布褡裢,因为戴了顶水缸盖子一般大的斗笠,一时无法辨清脸面。

廖永不管三七二十一,从小树林里跳将出来,喝道:"赶路的,慢走一步!"老者吆喝驴子停下,问道:"老朽急着回家过年,你何故要挡我的道?"廖永不忙作答,兀自把手中的桑木棍胡乱舞了一通。老者"嗤"地一笑,不无揶揄地说:"哦,真让老朽开了眼界。"廖永眼一瞪,把桑木棍往路中央一插:"老人家,不瞒你说,家里穷得揭不开锅了,想借你褡裢里的几两银子用用。"

老者一听,"嗵"地从驴背上跳下来,说:"拦路借粮?老朽活了一辈子还从没听说过哩。你是个劫道的吧?"廖永顿感无地自容,嘴里极力申辩道:"不,我只借不劫,不信你瞧,我连称银子的家伙也带上了。"说罢,他从腰间解下那杆戥秤来,又加了一句,"我当场立个字据给你。"

老者哈哈大笑:"你这是哄三岁孩儿哪?那天你劫了我家三小子十四两五钱银子,害得他在老板那儿交不了账,老朽刚才是厚着老脸才从外表亲那儿借了十四两五钱银子,替我那不中用的三小子补上被你捅下的窟窿,可你倒好,尝到了一回甜头又想照搬第二回,难道咱家是替你开钱庄的不成?"

一席话,说得廖永脸上红一阵、白一阵的,借银居然借到了一对父子身上,这是他做梦都没有想到的。要说这时候他乖乖走人,也许事情的结果还不会那么糟,可不知怎么鬼使神差的,他见老者一副连风也吹得倒的身架,居然抢起桑木棍,瞄准老者的天灵盖就狠狠地劈将过去。那老者呢,倒也不避不让,只伸出右手两根铜枝铁权般的指头,就稳稳地叉住了廖永的桑木棍子,又随手一抽,廖永就身不由己地跌出了一丈开外,扎扎实实闹了个"狗吃屎"。

老者把桑木棍掭在手里，像折火柴棒似的将它一折两截，"啪"丢进了路边的草丛里。廖永心想：这可糟了，一定是遇到武林高手了，以自己的三脚猫功夫，哪是人家的对手？现在只有逃了。于是他连滚带爬地从地上跃起，蹿进了旁边的小树林。

此刻，天差不多快黑透了，小树林里伸手不见五指，廖永像只没头苍蝇似的到处乱窜，突然，他耳边传来一阵"嗡嗡嗡"的声音，抬头一看，头顶上竟有一团飞旋的白光，正不偏不倚地紧紧罩着他。他闹不清这是何物，心里一紧张，脚被树桩一拌，一个趔趄摔倒在地上，昏了过去。

半夜时分，廖永才醒过来，见那老者已经升起了一堆篝火，正焦急地守护着他。老者见他睁开了眼睛，便幽幽地指着自己的斗笠说："你这个人哪，一顶斗笠就把你吓成这样！"廖永这才恍然大悟，原来吓走自己三魂七魄的，竟然是老者头上那顶再普通不过的斗笠哪！他羞得无地自容，半晌说不出话来。

这时，老者从褡裢里取出一小块银子，对廖永说："我知道，你也是被逼急了才走此黑道的。老朽余银无多，只剩这一小块了，你先拿去安家吧！"廖永哪里敢收，连连推辞："不，老人家，我若再拿你银子，必遭天打五雷轰。"老者叹了口气，说："世道轮回，做人是最要紧的。如果说你上回跟咱家三小子要银子还有点像君子的话，那么这次却是彻头彻尾的盗贼了。记住，君子与盗贼只有一步之遥啊！"说罢，老者牵过正在啃夜草的驴子，一纵身骑上，"得儿"吆喝了两声，便向沉沉夜幕中走去。

廖永愣在那里，惊出一身冷汗。突然，他像想起了什么，对着黑暗中老者的背影，猛喊道："大爷，明年春上，就是拆房卖地，我也一定还你的银子！"

寂静的山谷，传来阵阵如雷的回声……

（孙庆章）

（**题图**：黄全昌）

袋子里的牛头

　　有这么一个姑娘,离开家乡到远方去谋事,几年后,积攒了一笔钱,就准备辞工回家,但因为担心路上会遇到坏人,所以又不敢一个人单独回去。

　　正犹豫着呢!这天,她碰到邻居古太太,古太太关心地问她:"怎么样?起程的日子决定了吗?"

　　姑娘说:"还没决定呢,听说路上不太安全,所以我不敢一个人走。"

　　古太太听了姑娘的话,心想:彼此做邻居好几年了,人家现在碰到了难题,该设法帮帮她。于是,就把姑娘的难处告诉了古先生。

　　古先生是做皮货买卖的,经常出门,于是便对太太说:"姑娘家的,一个人赶远路的确危险,是要有个人陪她去的。"

古太太接口道:"那不如就你陪她回去吧?"

"行啊!"古先生说,"我看她在这里也没有什么朋友,就陪她跑一趟吧!"

几天后,古先生就和姑娘出发了,两人日行夜宿,一路无事。

这天,正在赶路时,古先生无意中发现姑娘带着好多钱,还有一些很值钱的首饰,于是就起了贪念。他一边走一边想:找个没人的地方,把她杀了,那些钱财就是我的了。于是走到一个荒凉地方,古先生见四下无人,就一刀把姑娘的头砍了,踢进草丛里。

古先生好高兴呀,他拿了姑娘的钱财,匆匆赶回了家。古太太见丈夫回来了,还以为他已经把姑娘送回家乡去了呢!

古先生发了财当然很高兴,但是好景不长,第二天早上他正要上街,刚跨出门,就听见有人在他身边说:"还我命来!还我命来!"谁?他四下看,身边并没有人呀!

到底是谁在对他说话呢?"还我命来!还我命来!"古先生听出是那个姑娘的声音,立刻吓得双腿发抖,赶快回到房里,死死顶上了门。

从此以后,那姑娘的声音就常常在古先生耳边响起。

那天,古先生正在路上走着,又听见姑娘在朝他喊:"还我命来!还我命来!"

古先生壮起胆子问道:"你叫我到哪里去还命?"

姑娘道:"随你,随你!"

古先生顿时吓出一身冷汗。但奇怪的是,这次以后,古先生再也听不到姑娘的声音了,日子一天天地过去,古先生整天忙着经营生意,渐渐把姑娘这事给淡忘了。

一天,来了两个顾客,愿意以双倍的价钱请古先生带他们到南方去谈生意,古先生自然很乐意,于是就带着他们起程了。几天后,三个人来到南方的一个城市,古先生安排两个顾客在旅馆住下。

一个顾客说:"古先生,我很想吃牛头,麻烦你去买个牛头来,请旅馆里的厨师替我煮一煮。"

这两个顾客出手都很大方,古先生当然乐意效劳。

他来到市场上,买了一个牛头,用袋子装着,准备带回旅馆去。谁知走到半路,遇到一个警察,警察见他行色匆匆,就问他:"你袋子里装的是什么东西?"

古先生答道:"是个牛头。"

警察说:"麻烦你打开给我看看好吗?"

古先生点头:"当然可以。"他爽快地随即就把袋子打了开来。

可谁知袋子一打开,他就吓晕了:袋子里装的不是牛头,而是一个血淋淋的人头。

警察一把抓住古先生:"这个人头哪里来的?"

"这个……这个……"古先生不知道牛头是怎么会变成人头的,他壮着胆子提起人头一看,啊,竟是他杀死的那个姑娘的头!顿时吓得脸色发白,腿脚软了。

古先生终于被定了罪,偿了命。后来听说,那两个顾客是姑娘的两个哥哥,而袋子里的牛头怎么会变成人头,那就无人知晓了……

(叶　子)

(题图:箭　中)

这是发生在台湾的一件事。

文雄和美玲这对年轻人相恋已经三年有余,但因为美玲的父母索要三十万元的聘金,而且不得讨价还价,所以迟迟不能成婚。

这事使文雄非常着急,他在修车厂工作,每月精打细算也只能存下三千元钱,照此推算,最快也要一百个月之后才能凑足这笔聘金。

这简直是要他们的命,所以两人碰到一起就愁眉苦脸、唉声叹气的。

后来美玲想出个办法,让文雄去抢劫,这样就可以快速解决聘金问题。

文雄听后大吃一惊："什么,你叫我干那事?那可是要蹲大狱的呀!"

美玲笑笑说:"我想过了,抢劫有三难:一是计划难,二是实施难,三是逃避警察追捕难。可是要说容易也很容易,比如,让你来抢劫我……"

"抢你的钱?"

"对,我是那家贸易公司的会计,每个月要发放一百多万元的薪水,每次都是我一个人到银行提款,到时我把时间地点告诉你,你准时到达,我把钱给你,你拿着钱跑走,我再喊叫,事后我向警察陈述有关歹徒的一切线索,当然那都是假的。这样,你没一点危险,我无半点责任,不是很容易吗?"

美玲这番话,说得文雄动了心,于是决定立刻行动。

转眼到了那家贸易公司发薪水的日子。

这天下午,美玲照例到银行领了钱,出门后又特地走进事先和文雄说好的一条僻静小巷,小巷里没一个人影,也听不见一点声音。

正在这时,忽见从对面开来一辆摩托车,驾车的人身穿黑色夹克,一副面罩把整个脑袋遮得严严实实。

美玲看了看手表,比约定的时间早了三分钟。

美玲朝驾车的人招了招手,眨眼之间,摩托车已在她身边停下。

美玲忙把装钱的纸袋往他怀里塞,低声说道:"打我,把我打倒在地,你快跑!"

那人听后先是有点犹豫,接着几拳头把美玲打倒在地,随即开足马力呼啸而去。

美玲见摩托车已经远去,再望望四周没有人影,这才尖声大叫:"救命啊,强盗抢钱啦,快来人哪!"

人们听到叫声,纷纷赶来相救,不一会儿,警察也闻讯赶来了。

美玲在许许多多围观的人中间,向警察讲述被抢的经过,她说:"我只看见他穿着黑夹克,头上套个面罩,看不见脸面……"

她正说着,忽然一辆摩托车呼啸而至,人们纷纷躲避,车子紧急刹住,开车的那人也是身穿黑夹克,头上戴面罩。

那人一见眼前的情景,惊慌失措地正想调头逃走,却立刻被拥上来的众人抓住了……

警察上前一把扯下那人的面罩,竟然是文雄!

美玲的眼前一片漆黑:"怎么是你? 那么刚才那个人是……"

(作者:苦 苓;讲述者:吴文昶)

(题图:魏忠善)

遭遇横财

　　张老汉是一个地地道道的农民,在黄土地里苦苦挣扎了大半辈子,却还是一贫如洗。近几年,政策好了,精神旺了,他就兴致勃勃地来到城里捡破烂,一心盼着能从垃圾堆里捡出一个金娃娃来。

　　这天,临近黄昏,街上一片灯火,张老汉背着空背篓正要匆匆赶回家,不料在街心花园旁发现了一个长方形的小纸包,开始还以为是谁扔的垃圾,谁知拆开一看,纸里包的竟是一厚叠钞票!张老汉连忙放进衣兜里,心里"卜卜"跳,望了望四周,见附近没人,便急急走开。

　　此时此刻,张老汉又是激动又是害怕:激动的是这辈子还没有见到这么多的钞票,害怕的是自己得了这笔横财,到底是福还是祸？他的手不停地摸着衣兜,心里想着:这里到底有多少钱?又不便掏出来数,心里像悬着个吊桶,七上八下的。

走着走着,张老汉觉得肚子有点难受,便想找个地方方便一下。他走进一条小巷,好不容易找到一个厕所,便心急慌忙地直奔"岗位"。完事之后,他摸遍了全身,就是没有半张手纸,急中生智想到了那张包钞票的纸,急忙伸进衣兜掏出纸包,扯下大半张解决了问题。

好在厕所里没有旁人,没人注意到他这个捡破烂的穷老头会揣着这么多的钱。张老汉急急忙忙地赶回家,关上窗,闭上门,急不可待地掏出了钞票,仔细一瞧,全是百元票面,少说也有一万多块,不禁高兴得手舞足蹈起来:"我老汉今儿个真的发大财喽,明天可以回家过安稳日子啦!"说完,他便笨手笨脚地数起钞票来。刚数了几张,刚才在厕所里撕剩的那半张纸从钱缝里掉下来,飘落在桌子上。

张老汉念过几年书,他拿起一看,发现这是一张"东霸集团"的便笺,上面写着:

> 朋友,请您不要贸然独吞,您还有妻子儿女,否则,后果自负。因为……

下文没了,因为那剩下的大半张纸被张老汉刚才撕去擦了屁股。张老汉顿时紧张起来,再没有心思吃晚饭,胡乱扒了几口,便躺到了床上想心事:这钱是别人不小心丢的? 不像,如是丢的,为什么留着这些话,简直是一封恐吓信! 他想到了电影里说的黑社会,放钱故设陷阱,引贪财之人上钩,最后是又赔钱财又搭命……他后悔当时贪财心急,没有细细思量,说不定当时就有人在暗中盯着他,一路跟踪,现在自己早已落到了他们的手掌之中……想到这里,张老汉吓得心惊肉跳,这一夜哪里睡得安稳？

一个乡下老头，能见过多少世面？哪里经得起这样的折腾？第二天，张老汉一早吃过饭，带上钱和那半张纸，匆匆出了门。

由南街到北市，张老汉东打听、西寻问，找了大半天，总算找到了那个东霸集团的所在地。抬头一看，一幢摩天大楼高耸入云，这又和电影里说的一模一样，就有这样的大老板，表面上开大公司做正经生意，暗地里却经销毒品、走私军火、贩卖人口……啥样坏事都干。想到这里，张老汉一阵心颤，冒出了一身冷汗。越是怕，他越是想早点把这笔烫手惹祸的钱交出去，于是，壮起天大的胆，走到了大楼门口……

一个戴墨镜的小伙子迎上来，拦住问道："大爷，请问您有事吗？"

那小伙子虽然说话客气，但张老汉禁不住一阵害怕："我……我找你们的老大……"

"老大？"小伙子笑了笑，说，"我们经理在楼上，我带您去吧。"

小伙子把张老汉领进一间十分豪华的办公室，张老汉抬头一看，只见一张特大的写字台后面坐着一个中年人，虎背熊腰，穿着讲究。小伙子上前和中年人嘀咕了几句，张老汉心里发慌，急忙开了口："老……老大，我……我不是故意的……"

中年人一笑，和气地说："大爷，您不要客气，叫我小王好了，有事请慢慢讲。"

老大这么客气，张老汉更加不自在了，他知道电影里那种大老板就是这个样，一会儿猫脸，一会儿狗嘴，今天菩萨相，明天阎王样。他只想早点把话说清楚，了断此事，免遭是非。

"小王，不，老……老大，我真的不是有意冒犯你们，我知道你们'东霸'很厉害，只求你们别为难我……"张老汉说着，便哆嗦着身子把钱和纸条递了上去，并把当时捡钱的经过说了一遍。

中年人接过钱，又看了看字条，怔了片刻，禁不住大笑起来。

张老汉被他笑得心里直发毛："你们不为难我吧？"

"我们为什么要为难您呢？"

"真的？"

"当然真的。"

张老汉听中年人这么一说，说了声"那我走了"，拔脚就要脱身。中年人从桌上那叠钱里抽出几张百元大钞，想喊住他，谁知张老汉像阎王殿上逃脱的小鬼，早就跑得无影无踪了。

张老汉慌不择路地逃出了大楼，这才长长地吐出了一口粗气。去了心事，心里也平静了，他回头望了望那幢大楼，竟意外发现大门上方挂着一块巨大的招牌，牌上写着几行醒目的大字：

> 朋友，请您不要贸然独吞，您还有妻子儿女，否则，后果自负。因为东霸牌养心丸专为三口之家精心配方，让每个家庭口服心服……

原来，张老汉擦屁股撕去的那半张纸上，写的就是这段广告语的后半段。昨天，东霸集团的经理派秘书往电视台送广告文字和一万五千块费用，不小心丢在路上，偏偏让张老汉拾得，闹出了一场笑话……

张老汉明白了底细，气得直骂："该死的半张擦屁股纸，害得老子发不了财……"

（赵富钢）

（题图：刘斌昆）

进城路上

　　这年,老鳖湾一带遇上了百年未遇的洪水。水退了以后,湾里的胡大胖子一下子就网到了两百多斤二三十年未见过的花鲦子鱼。这种鱼在本地只能卖二十元一斤,可若拿到城里,四十元一斤也不嫌贵。胡大胖子脑子一转,把自己的自行车改成三只轮子的载重车,然后把这些鱼装进两条编织袋,放上载重车,准备进城卖掉,好好赚点钱。

　　老鳖湾离县城并不算太远,但一路全是山道,要翻七个岭。胡大胖子翻到第四个岭的时候,有些吃不住劲了,两腿发软,浑身无力,上衣已经被汗水湿透了。他心里有数:怪只怪自己心太黑,多装了一袋鱼。假如撂下一袋,只推一袋,肯定能推上去,可把这一袋推上去,再回来推第二袋,时间就太长了,前面还有三个岭要翻,不说来回跑路,就是那鱼肠子,怕也早臭出来了。胡大胖子只好咬紧牙关,使出吃奶的力气,硬是一步步地往上爬。

爬到第五个岭的时候,胡大胖子再也坚持不住了,只觉得看地地发黑,瞅树树打旋。正在这时,一个瘦瘦的男人也推着一辆自行车走了上来,车后架上也绑着一条编织袋,不用问,那袋子里肯定装的是花鲗子鱼。这个东西好卖,谁不想赚这个钱?胡大胖子觉得这个"瘦杆"挺面熟,可一时又想不起来在哪儿见过。

正愣神的工夫,瘦杆已经擦肩而过了,胡大胖子连忙招呼:"小老弟,怎么见着有点面熟?不瞒你说,我实在推不动了,我把我的车挂在你的车上,你帮我拽一把,行不行?"瘦杆"嘿嘿"一声冷笑:"亏你好记性!你老哥真是做梦娶老婆,光想美事。"说完,头也不回地推着车子走了。

胡大胖子猛然间想起来了,这个瘦杆是邻村鲶鱼洞的人。六年前的一天傍晚,胡大胖子正在浑江口下网,瘦杆求他把自己摆过江,胡大胖子起初没答应,后来看到瘦杆手里提着一只烧鸡,他硬是要瘦杆把烧鸡留下,才把他摆过江去。他不知道,瘦杆手里的这只烧鸡是特地买给他生病的父亲吃的。看来,瘦杆记恨是把他胡大胖子给记下了。

今天,真是冤家路窄,轮到胡大胖子求瘦杆了。胡大胖子只得腆着脸对瘦杆说:"小老弟,好汉不记前仇,你要是帮我拽上去,我给你一百块钱,行不行?"瘦杆又"嘿嘿"一声冷笑:"我说老哥,你看这样行不行,我拽上一百步,你给我一厘钱,两百步给我二厘钱,三百步给我四厘钱,四百步给我八厘钱,按这样推算,零头全不要。怎么样?"

胡大胖子往岭上一瞅,从这到七盘岭上,最多六里来地。一步大一点迈,还迈不上一米?有三千多步,也就到头了。一百步一厘钱,三千步才几个钱?"行行行!"胡大胖子欣然同意,他把自己的自行车挂在了瘦杆的车子上。为了迈大步得劲,胡大胖子跟瘦杆换了位置，胡大胖子在前，瘦杆跟后，一路上他一边可着劲儿往死里迈，一边嘴里认真地数着。当迈到七盘岭上时，整整迈了三千三百步。

瘦杆显得很大方，说："就算三千两百步吧。"胡大胖子把手一摆："你小瞧人不是？我胡大胖子好赖也是条带把的汉子，三千两百步的钱都敢拿，还在乎你这一百步？""好，这话是你说的！"瘦杆狡黠地朝他一笑，随手拾了一根小棍，在地上一笔一笔地算了起来。算着算着，站一边看着的胡大胖子的脸色变了，额角上渗出的汗珠比黄豆还大。他压根也没想到，按瘦杆的算法，三千两百步竟能翻出四千元钱，要是把最后这一百步再算上，就得八千多元。

胡大胖子抬起头来，慌慌地看着瘦杆。瘦杆把嘴一撇："算了，谅你也拿不出这些钱来，你给我一袋鱼，就算抵这个数吧！"瘦杆一边说着，一边就从胡大胖子的车架上拿下一袋鱼，往他自己的车上绑起来。胡大胖子愣了半晌，说出的话又收不回来，只好耷拉着脑袋，推着剩下的一袋鱼朝岭下走去。当初为了贪一只烧鸡，六年之后，竟赔出去这么值钱的一袋鱼，真是因小失大呀！算了，权当破财消灾吧！

正懊恼着哩，胡大胖子忽听后面"噗"一声响，回头一看，真是老天有眼，瘦杆的自行车后轮胎瘪了。肯定是因为加了一袋鱼，分量压得太重。胡大胖子心里开心啊，嘴里却不吱声，等着看瘦杆的好戏。瘦杆一下子傻了眼，只好把胡大胖子的那袋鱼拿下来，没好气地朝胡大胖子一瞪眼："你看个屁，我用一袋鱼换你个后车轱辘，你高兴了吧？"

胡大胖子眼睛一斜愣："哼，说得轻巧，你别看我这车有两个后轱辘，少了一个，我推车得多费多少劲儿？除非你再另外给我称出十斤鱼来。"这前不着村、后不着店的地方，总不能死呆在这里，等这些鱼都臭出来吧？瘦杆没咒念，只得乖乖地从袋子里称出十斤鱼，给了胡大胖子。胡大胖子这才拆下那个后车轱辘，甩给瘦杆，然后美滋滋地顾自下山去了。

不到一刻钟，瘦杆也换好了轱辘，推车下山。拐过一座山头，他突然发现，刚才还神气活现的胡大胖子，这会儿竟倒在地上，自行车压在他的身上。瘦杆心里一个"咯噔"：难道真是害人必先害己吗？我刚才诈了他一袋鱼，屁大的工夫，车胎就没了气，反倒还要搭出去十斤鱼。而他刚才诈了我十斤鱼，这会儿就倒在地上不省人事了。难道这话真就这么灵验？瘦杆心里不免有些害怕，他不由自主地走过去，把压在胡大胖子身上的自行车撑起来，又把胡大胖子拖到了背阴处。他知道，胡大胖子这是中暑了，这地方没有水，要是有水，往他脸上一泼，用不了一会儿他就会醒过来的。

瘦杆四下里张望，想找点儿水，突然发现了胡大胖子挂在车把上的那只特大水壶。他麻溜打开盖，准备往胡大胖子的脸上泼水。可一转念：这水泼到他的脸上，不白没了吗？瘦杆眼球一转，一扬脖子，一口气就将水壶里的水喝了个精光，然后解开裤腰带，朝他脸上、嘴里撒了一泡尿。果然，片刻工夫，胡大胖子脸上的肌肉开始抖动起来。瘦杆也不吱声，推着车子，独自朝山下走去。

胡大胖子醒过来后，就知道自己是中了暑。他使出浑身力气坐起来，伸手去拿水壶，这才发现水壶已经空了。胡大胖子急眼了：这事儿不是瘦杆还会是谁干的，道上就咱两个人！他直起嗓子，朝着山下直骂："瘦杆，你不得好死！"

瘦杆果然不得好死！走到半山腰上的时候，他肚子忽然痛起来，等快要走到山脚时，竟"哗哗啦啦"屙了十几次。瘦杆再一次意识到自己是丧良心了，这是老天爷在惩罚他，现在后悔也来不及了，这些鱼坏在道上不说，他的小命怕也保不住了。瘦杆苦着脸，捧着肚子"哎哟哎哟"蹲在地上直叫唤。

这时候，只见胡大胖子气呼呼地走了下来，他一眼看见愁眉苦脸的瘦杆，就明白是怎么回事了，不由"哈哈"大笑起来："我不报天报，老天有眼，你终于有了报应！"

原来，胡大胖子因为太胖，舍不得花钱买药减肥，就每天熬巴豆水喝，一天能屙好几次，肚子瘦得也挺快。后来，许是肠胃适应了，这办法竟不怎么管用了。于是胡大胖子就加大了巴豆量，今天这壶水里，他就放进了比平时多一倍的巴豆。没想到，自己没喝，却喝到了瘦杆的肚子里。

这时的瘦杆已经痛得什么也顾不得了，只要能保住小命，这些鱼他可以全不要。他急着对胡大胖子说："大哥，大人不记小人过，看在咱们本乡本土的分上，你就救我一把。水壶里的水是我喝光的不假，可也是我把你拖到背阴处，往你脸上、嘴上撒了尿，要不，你早死道上啦！"

胡大胖子先是一愣，继而就跳了起来，冲上去揪住瘦杆不放："你他妈的不是人，居然敢朝老子脸上撒尿，还要老子救你，做梦吧！"

瘦杆本来还好言相求，被胡大胖子这一骂，心里的火一蹿老高："胡大胖子，你吃人不吐骨头，我救你不说，现在都病成这个样子了，你他妈的还忍心这样对我？"瘦杆说着，忽然之间也不知哪来的力气，冲着胡大胖子的脸就是一拳。

两人一路较着劲，这会儿是真打了起来，谁也不让谁。可是他们一个刚中了暑，一个才拉过肚子，能有多少力气呢，你来我去几个回合，就都倒在地上动弹不得了。那三袋鱼呢，被甩在山道边，一股股腥臭味随着山风吹来，就像一把把刀子，剜在他们的心上……

（白 琅）

（题图：黄全昌）

心灵的魔术

正月里的一天,集镇上来了一位走江湖的中年人,他在影院前的空旷处放下挑子,摆开道具,在吆喝声中玩起了杂耍,很快就引来了很多人的围观。

表演越来越精彩,往瓷盆里扔钱的人也越来越多,一会儿工夫,盆子就被零票堆满了,少说也有三十多元。他把钱收好后,谢过大家,又开始表演小魔术。

就在这时,一个沿街打快板的小男孩路过此地,他衣衫褴褛,灰头土脸,好像刚从垃圾堆里爬出来似的。人们都躲着他,可他全然不顾,钻进人堆,睁大了好奇的眼睛,惊羡地看着魔术师眨眼间把一副扑克变成了一包香烟。

当魔术师正要表演另一个节目时,小男孩突然上前问道:

"叔叔,你能把扑克变成钱吗?"因为胆怯,他的声音非常小。

"当然能!"魔术师笑了笑,然后对众人说道:"大家听清楚了吗? 其实啊,很多朋友嘴上不说,但心里肯定在犯嘀咕:'你这么会变,能变出钱来吗?'那好,大家现在就看我怎样变出钱来。不过,得有人配合我才行。谁愿意,请举手!"

围观的人都有些迟疑,现在江湖骗子太多,不谨慎不行,鬼知道这魔术师会耍什么花招,没准他会把魔术玩成骗术,可唯独那个小男孩毫不迟疑地举起了手。

"谢谢,谢谢你的信任。"魔术师把小男孩请到场子中央,问道,"小朋友,你几岁了,上学了吗?"

"我七岁,还没上学。奶奶说,我只要能赚到两百块钱,今年就可以上学了。"说着,他摇了摇手中的快板。魔术师这才注意到他手中捏着的这副快板,不由从上到下打量起他来,眼睛里充满了疑惑:"你爸爸妈妈呢? 是他们让你出来打快板挣钱的吗?"

小男孩摇摇头:"我没有爸爸妈妈,只有奶奶。"

魔术师愣了一下,又问:"你打快板挣了多少钱?"

"我不会打,只挣了一块钱。"小男孩不好意思地垂下了头。

"别灰心,你一定会挣够学费的。来吧,现在我们开始变魔术。"魔术师拍拍他的肩膀,从道具箱里拿出一顶帽子,交到他手上,说,"你给大家看好,看这帽子是不是空的。"

得到大家的验证后,魔术师又对小男孩说:"你刚才不是说你挣了一块钱吗? 现在你把这一块钱拿出来,放在这顶帽子里,然后把它扣在地上。"

小男孩迟疑了一下,照做了。

只见魔术师口中念念有词地走近这顶帽子,用手一指,嘴里喊道:"变! 变! 变!"接着,他突然把帽子揭开,大家一看,帽子里除了刚才小男孩放进去的一块钱外,还多出了五毛钱。魔术师朝小男孩哈哈一笑,将帽子再扣上,再揭开,又多出了一块钱。

再扣上,再揭开,又多出了一块钱……

这样反复数次后,帽子底下变出的钱越来越多,有一块的,有五角的,甚至还有一角的……魔术师让小男孩将那些钱清点一下,共有三十多块。他对小男孩说:"看见了吗?这都是你那一块钱变来的,我很想让它再多变一些,可是,它只能变这么多了……来,拿上吧!"

小男孩做梦也没有想到,这么多的钱会是由自己的一块钱变来的,而且这些钱都属于自己了。看着这些钱,他咧开嘴开心地笑了。

就在这一刻,围观的人们突然骚动起来,很多人的眼睛都湿了,当第一个人站出来把一张五块的钞票塞给小男孩后,令人动容的一幕出现了:只见十块的、五块的、一块的钞票铺天盖地地从人们的手中飘洒下来,落在小男孩的身边。

小男孩被弄糊涂了,他一会儿看着落在地上的这些钱,一会儿又看着周围的人,不知道发生了什么事。

魔术师也感到非常意外,他没有想到这个小小的魔术会有如此神奇的结局。他把地上的钱一张一张捡起来,塞到小男孩的怀里……

小男孩笑了,但他没有注意到,原先放在地上那个装钱的瓷盆里,不知什么时候已是空空的了……

(许申高)

(**题图**:魏忠善)

五万元的心债

老方四十多岁了,在小县城的一所普通中学教书,收入不高,他妻子所在的工厂一直不景气,一个月更是没几个钱拿。眼下儿子找到对象该结婚了,可没个十万、八万的哪能把媳妇娶进门? 所以钱的问题就成了老方的一块心病。

看周围人都在炒股,有人没几天就翻番了,老方夫妻俩心里痒痒的,也想试试。商量了几晚,他们把十几年积蓄的五万元钱拿出来,急急忙忙开了户头,买了股票。不料,没过几天,股价急转直下,辛辛苦苦积蓄下来的五万元钱全部套牢,夫妻俩一下子就懵了。

这天,老方推着自行车赶早去给学生上课,刚走出居民小区,就发现地上有个黑皮包。因为时间紧,他来不及多想,把包捡起来往后车架上一夹,就跳上自行车直往学校奔。

趁着进教室前的一小会儿空,老方打开黑皮包。一看,惊呆了:里面整整齐齐放着五捆百元大钞。这可是整整五万元啊!老方心里吓得"怦怦"直跳。接下来的一整天,他都有些惶恐不安。起初他想回去后在捡包的地方贴个招领启事,可又一想,儿子的婚事还没有着落,现在正是要用钱的时候啊!经过一番思想斗争,老方一咬牙,决定先拿这钱替自己应应急,以后有了余钱再还人家。

不过,这毕竟是没有面子的事,所以老方决定任何人都不说,哪怕是自己的妻子。

回到家里,老方把这五万元钱从黑皮包里取出来,用报纸裹好,悄悄放到壁橱的最上面一层,随后瞅个机会把黑皮包扔进了附近的河沟里。

做完这一切,妻子也下班回来了,见她并没有带回什么风声,老方的心安了下来。

可谁知过了几天,妻子告诉老方说:"你听说了吗,街对面那幢楼里,有一对没儿没女的老夫妇,一辈子攒下五万元钱,没想前几天老头去交公房购房款,包带断了,装钱的黑皮包从车把上掉了,老头愣没察觉,等到了房管所才傻了眼……"

老方心里一惊:难道我捡的是人家老夫妇的血汗钱?

妻子看老方脸色不好,奇怪地问道:"你怎么啦?在听我说话么?"

老方回过神来,点点头,故意问道:"后来呢,找到了么?"

"找到什么呀?老头、老太一下子全病倒了。"

老方心里一抖!当晚,他躺在床上翻来覆去睡不着,想想自己是个老师,做下这种见不得人的事情,怎么为人师表?自己的良心上更过不去呀!老方决定,明天赶紧把钱还给人家。

第二天下班回家,老方打开壁橱,伸手去拿那个装钱的纸包,却不料纸包不翼而飞! 老方吓得脸顿时就白了,全身瘫软。他匆匆在房间里扫了一眼,发现桌上压着一张纸条,他扑过去一看,是儿子的留言:

爸爸妈妈:

我和几个同学商量好了,一起去大城市做生意,家里的五万块钱,算是我借你们的。

我会好好努力,给你们一个惊喜!

你们长大了的儿子

老方正看着,妻子回来了,老方把儿子的留言给她看,并把自己捡到巨款的事一五一十统统给妻子说了个透。妻子又吃惊又害怕,趴在他怀里痛哭失声,老方也不住地唉声叹气。最后,夫妻俩商量了又商量,决定先给两位老人家写封信,等段时间,只要股票反弹,凑足五万块钱,就赶紧还给他们。

家里出了这么大的事,也没心思吃什么晚饭了,夫妻俩当即就在桌上拿笔铺纸,由老方执笔,把事情经过如实写了下来。随后,老方下楼装着散步,走出小区,来到了街对面,想打探一下这幢楼里老夫妇家的门牌号码。可是他刚走近那幢楼,就隐隐听到了哀乐声,从围观人的口中得知,丢钱的那家,老头死了!

老方愣了半天,心慌意乱地跑回家,把看到的告诉妻子。晚上,他连连做噩梦,梦见自己成了杀人凶手。他实在没有勇气去面对那个失去了老伴的孤老太太,但是每一次进出小区门口,他又总是忍不住朝那幢楼门口打量。有一回,他看见街对面有一个老太太,披头散发,浑身脏兮兮的,正在垃圾桶里捣腾,听人说,这就是那个孤老太太。老方见了心里直发酸:都是自己作的孽呀!

他下决心,一定要弥补自己的罪过。

星期天的早晨,老方带了几个学生来到老太太家里。老方对老太太说:"老奶奶,您是孤老户,我是这些学生的班主任,以后,我们会轮流给您来做家务的。您以后的生活,就由我们来照料吧。"这天,老方带着学生把老太太家里打扫得干干净净。临走,他又把二百块钱塞到老太太手里,老太太激动得直抹眼泪。

这以后,老方坚持每个星期都带学生来照顾老太太,甚至平时有时候还叫妻子来,烧个菜,洗个衣服什么的。老太太从此再也不捡破烂了,脸上老是挂着笑。

这时候,股市也开始回暖了,老方买的股票涨了,他将抛售出去的股票换回了五万元钱,心里说:终于等到还债的这一天了!这可是一笔巨大的心债啊!

老方兴冲冲来到老太太家,不料,老太太却忽然病倒了。老方把她送到医院时,老太太已经深度昏迷,没过几天就闭了眼。

在老太太病床枕头下,老方发现了一个信封,他一眼就认出,这就是他们夫妻俩当初曾经想寄给老人的信,后来因为老头去世了,就没再寄。

这信怎么会到了老太太的枕头底下呢?

老方把信封拿起来一看,更加奇怪了:信封背面还歪歪扭扭写着几个字:方老师亲启。

老方于是将信封打开。里面除了老方自己写的信外,还有一封信,上面写着:

方老师:

你第一次带学生来我家时,这封信掉在了地上,我见上面的地址是我们家的,就打开来看了,所以什么都明白了。我相信你是个有良心的人,所以,你对我的帮助,我都接受了。

这些天我身体不好,总梦见老头子,我知道自己日子不多了,我也是念过几年书的,就给你写了这封信。那些钱,我知道你会还给我的,可我留着也没用,你替我捐给学校吧。那些懂事的孩子,我打心眼儿里喜欢……

老方泪流满面地读着老人的信,心中万分惭愧……

第二天的班会课上,老方鼓足勇气把这个五万元的故事讲给他的学生听。学生们被感动得流下了眼泪,他们觉得,这是一节最难忘的班会课,方老师坦诚地用自己沉痛的经历,教他们今后如何做一个堂堂正正的人。

（李子胜）

（题图:王申生）

同坐一条板凳

　　老杨当了多年的邮递员,还是头一回遇上这种事儿。

　　那天下班前,像往常一样,老杨拿上邮袋,到离邮局不远的一条僻静马路上,去那里的邮筒收信。那是一种老式的邮筒,投信口很宽,整只邮筒就像一只张着口的狮子,蹲在路边等着老杨。

　　打开邮筒的门,在横七竖八的信件里面,老杨突然发现有个黑色的钱包,他回头看看左右没人,便眼疾手快地把钱包揣进口袋,随后把邮筒里的信装进邮袋,锁上邮筒门,把邮袋往肩上一背,回到了局里。

　　下班回家,老杨急不可待地掏出钱包一数,"哇!"整整两千元人民币,他乐得差点笑出声来,家里正好要添一台电视机,老天爷这不是送钱来了么?

但冷静下来一想,老杨又觉得奇怪:邮筒里怎么会有钱包呢?除非是有人故意扔进去,否则再怎么样,也不可能把钱包丢到邮筒里面来啊。老杨脑子一动:对了,肯定是有人不小心把钱包丢在邮筒旁边的马路上,被某个人捡到了,这人手头正好有什么急事,来不及将钱包交给警察,于是就塞进了邮筒。这人可能是认为,塞进邮筒等于是交了公。

老杨这个人办事比较稳妥,所以尽管天落横财,但表面上却一点不露声色,第二天照样上班,该干啥就干啥,只不过眼睛一直四下里溜着,耳朵也一直竖起着,留意周围的动静。他想:这钱包里要真有什么名堂,人家一定会找上门来。但一个星期过去了,天天风平浪静,什么事也没有,老杨的心终于定了下来,他决定下班后就去商场把电视机买回家,给老婆一个惊喜。

事情偏偏就发生在这时候。

下班前,老杨按惯例去那个邮筒收信。打开邮筒一看,信堆上有张纸条,上面写着:我只是偶尔借用一下你的邮筒,我想你不会不知道,你从这里拿走的应该是信件而不是钱包。现在你拿了不该拿的东西,希望你能尽早还回来。署名:阿山。

老杨晕了:阿山是谁?他说的"借用"又是什么意思?哼,你把我公家邮递员当成你私人保管员了?老杨越想越来气:我偏不还给你,看你能把我咋地?就是大街上捡了钱包,我不还你,你也没辙,何况有谁会相信我会在邮筒里捡到钱包?

老杨决定不理睬这个阿山。

没想事隔三天,老杨打开邮筒一看,信堆上多了半块砖头,下面还有阿山留的纸条:做人不能太黑,捡到的钱还见面分一半呢,何况我是寄存在你这里的。你这样一毛不拔,实在不近人情。我饶不了你!

这不分明是在威胁嘛?再说了,这个邮筒的钥匙只有自己

手里有,阿山怎么也能打得开门,把砖头放进来?老杨仔细检查
邮筒的锁,没见有丝毫撬损的痕迹,心里不禁害怕起来:看来,这
个阿山来者不善,万一他把事情闹大,自己的日子不会好过。

但老杨又实在舍不得把已经到手的两千元钱再拱手还出
去,想想阿山只是说叫他还钱包,并没有说要还多少啊,不如先
还他五百试试。老杨壮起胆子,从口袋里掏出那只黑钱包,抽掉
一千五百元,只留了五百元在里面。又掏出一支圆珠笔,在阿山
留下的纸条背面写了两句话:兄弟,五百元钱如数还你,以后别
再来缠我。再想想:不行,不给他点厉害瞧瞧,这余下的一千五
百元怕也保不住。于是又在后面加了一句:你私开邮筒是犯法
的,我随时有对你追究的权利。老杨把钱和纸条统统塞进黑钱
包,放进邮筒,期望这样能一了百了。

整整一个晚上,老杨都没睡好,心里总是忐忑不安。第二
天,好不容易等到开邮筒的时间,老杨冲到那里,打开邮筒门一
看,发现钱包仍在,但里面的钱和纸条已经没了。在钱包下面,
阿山又留了一张新纸条:你天天往邮筒跑,邮袋里背回去的都是
啥?不就是一个"信"字吗?你就这么仨瓜俩枣是打发不了我
的,不再拿两千块出来,咱们就在你单位里见!

老杨脑子里顿时就"轰"的一下!他原本是想用"私开邮筒"
这顶帽子来吓吓阿山的,谁知现在却反被阿山这句"单位里见"
的话给吓住了。想想一家老小全指望着自己这点工资过日子
呢,真要把事情闹大了,自己非下岗不可,那可是既丢脸面又丢
饭碗两头寒碜的事!权衡利弊,当晚,老杨只好忍痛把自己多年
从嘴巴里抠出来的五百元私房钱全拿出来,再加上先前的一千
五百元,统统塞进那只黑钱包,悄悄放进了邮筒里。

这以后的一个星期,那个阿山总算没有再来打扰老杨,老杨
心里真是又懊丧又庆幸:明明已经到手了的钱,还出去不算,自
己还倒贴进去五百元,懊丧不懊丧?可总算把事情捋平过去了,

花钱能买个太平,也是不幸中的万幸。

就在老杨觉得事情已经过去了的时候,这一天,公安局反扒大队的便衣警察在邮筒附近抓到一名小偷,但奇怪的是,明明小偷偷了人家一只红钱包,但抓住之后搜遍全身却什么也没有发现。经追问,小偷交代说,他把钱包塞进了邮筒。警察通过邮局领导让老杨去开邮筒门,果然红钱包在里面。而且,这个小偷正是阿山!

阿山是个惯偷,警察问他到底行窃多少次,他自己也说不清楚,警察就叫他从最近一次开始,一件一件往前回忆,于是往邮筒里塞黑钱包的事就交代了出来。

阿山说:"我那次也是因为顺手偷了个钱包,因为后面的人追得紧,才把它丢进邮筒里的,可是等我腾出手回来再开邮筒的时候,钱包已经不见了。我想它一定是被邮递员拿走了,就写了几次纸条,放进邮筒里,问他要回来。"

警察冷笑一声:"你挺行的啊,邮筒也能打得开?"

"嘿嘿,咱这溜门撬锁的本事,开个邮筒还不……"阿山颇有些得意,一抬头,发现警察正瞪眼瞧着他,吓得赶紧把话缩了回去。

警察追问道:"那黑钱包里到底装了多少钱?"

阿山垂头丧气地说:"这你得去问管这个邮筒的邮递员了,是他先把钱包拿走的。"

于是,老杨被请进了公安局。

老杨心里悔啊:我怎么和这小偷坐在了一条板凳上?

(李学民)

(**题图**:魏忠善)

要命的外财

老马在县文化馆干了三十多年,最近退休了。退休后的工资虽少了点,但他无忧无虑,日子过得挺快活。

谁料这天,他带着工资卡去取款,发现自己户头上一下冒出好多钱,细一看,原来卡里竟是双份工资,一份退休的,一份在职的,加起来差不多是原来的两倍呀!老马先是一阵惊喜,接着眉头就拧成了大疙瘩:肯定是财务弄错了。这钱怎么敢拿?不行,得马上去给他们讲清楚。这么一想,他扭头就直奔单位,找到会计姜小莉,把事情说了一遍。

姜小莉干了好几年会计,还从没见过这样嫌钱扎手的人,当即笑弯了腰,眨巴着眼睛说:"马老师,你的退休手续是我亲手办的,样样符合规定,他们工作失职,你猴急个啥呀?"

老马皱着眉头，认真地说："小莉，话不能这么说，我老马一辈子没贪过外财，这不明不白的钱更要讲清楚。麻烦你到上头跑一趟，问题到底出在哪儿，可得赶快弄清楚。"

姜小莉办事麻利，第二天就回过话来，说是因为财务科任科长年内工作太忙，一时疏忽出的错，马上纠正，让他安心。

可奇怪的是，打这以后，一连好几个月，老马退休工资卡上的双份工资依然照发不误。老马急得又要去找姜小莉，恰在这时候，姜小莉打来了电话，说任科长和她明天来老马家拿退款，让老马把钱准备好。老马这才放下心来。

果然第二天，任科长和姜小莉拎着水果和补品，按响了老马家的门铃。一进门，任科长就拉着老马的手说："老马，真是不好意思啊！今天，我们是特地来谢谢您的，顺便把您卡上多余的钱拿回去。"

老马让座、泡茶、递烟，像迎接贵宾似的。

任科长拉着老马的手感慨万千："老马啊，还是您这样的老同志品德高尚啊！像您这样在金钱面前不动心的人，如今真是越来越少啦，值得我们后辈好好学习啊！"

老马被任科长夸得脸都红了，他激动地跑进内室，把准备好的钱取出来，如数交给了任科长。

任科长收下钱，笑呵呵地说："咱们还是按规矩办事，我给您写张收条。"

旁边姜小莉早把一本便笺和一支圆珠笔摆在了任科长面前。只见任科长大笔一挥，"刷刷"几笔就写好了。他放下笔，点起一支烟，自己仔细看了一阵，又让老马看了看，随后就把这页笺纸撕了下来。

不料就在这时，一团烟灰落在了笺纸上，任科长顿时慌了神，连说"失礼"，对着笺纸又吹又拍，还掏出手绢小心翼翼地将它擦干净了，这才折叠得方方正正地交给老马，随后和姜小莉告辞而去。

　　老马欢欢喜喜地送走客人后，将任科长给他的那张收条收藏好，这才松了口气。

　　原以为这事应该到此为止了，可谁知安稳日子过了没多久，两位纪检人员找上他家门来。老马心里一"咯噔"：咱没做错什么事啊？

　　原来，县里开展财务大检查，发觉任科长财政收支中存在疑点，并从退休干部老马的名下找到了涂改的隐痕。为搞清问题，他们便上门来调查。他们客气地问："老马同志，我们是来了解您退休后多次领取在职工资的问题，有这回事吗？"

　　老马一听是调查这事儿，就不慌不忙地回答说："不错，确有此事。不过，款子已经退了。"

　　"退了？有收据吗？"

　　老马笑道："这么一大笔款子，怎么能没有收据呢？"他说着打开橱柜，拿出那张收条，交给纪检人员。

　　纪检人员打开一看，顿时皱起了眉头："老马同志，是不是弄错了啊？"

　　"没错！就是这张！"老马一边说着，一边戴上老花镜，对着收条细瞧。

　　这一瞧，竟瞧得老马傻眼了：怎么收条竟变成了一张白纸？老马顿时愣住了。当初任科长写收条的时候，他明明就在旁边看着，白纸蓝字，清清楚楚地写着退款的时间、数额和收款人的名字，现在怎么会只字不存？

　　纪检人员说："老同志，您是不是记错了？要不，您再仔细找找？"

　　"没错啊！任科长亲笔写的条，姜小莉也在场啊！"老马嘴里说着，脑子里却昏昏沉沉的，"就是这张纸，鬼晓得它怎么会变成白纸了？这不是要我的命么？"

老马好不气恼：我清白一世，主动退款，却反背上贪财的黑锅，以后还怎么做人？老马不甘心，对纪检人员说："我不做亏心事，不怕夜叫门，我现在就找他们当面对质去！"说着，他拉起纪检人员就朝单位赶去。

找到任科长和姜小莉，任科长早已拉下了脸，对老马说："老马同志，这事儿你可得想清楚啊，你领取双份工资已经违反了纪律，再信口开河嫁祸于人，可就是错上加错了呀！你说款已经退了，退给谁了？我可从来没听说过，也没看到过啊！你这么一大把年纪了，可不兴干亏心事啊！"

老马没想到任科长竟然会这么说他，气得脸色铁青，恨不得扑上去撕了他。但他生来就是个没嘴的葫芦，舌头在嘴巴里搅了半天，才勉强憋出一句话："你不承认，就……就让姜小莉说说，她、她当时一直在场看着的。小莉，你说！"

哪知平时聪明机敏、伶牙俐齿的姜小莉，此时竟成了木偶，支支吾吾了半天，也没说出个子丑寅卯来。

对质没有结果，老马回家后越想越气，气得心脏病都发了，经过医生们全力抢救，才保住了一条老命。但从此他脸上没了笑容，一天到晚长吁短叹。

就在老马一肚子冤屈没处诉的时候，姜小莉突然上他家来了。老马讨厌这种趋炎附势的年轻人，把身子一扭，留给她一个脊背。可姜小莉却不生气，说："老马，那天任科长在场，我能说什么？他好歹是我的顶头上司，我得罪得起吗？"

"我不想听！"老马犟着脖子回敬她说，"你想维护领导，却不顾我的感受，天地良心呢？"

姜小莉眼里溢出了泪水："老马，您不谅解我，我也不勉强。但我现在可以告诉您，正是凭着天地良心，才让我提前为您想了一条退路！"

原来，姜小莉早就知道任科长是个贪捞一把的主儿。当时她看到任科长在给老马写完收条撕下笺纸后,她发觉下面的笺纸页上还留着圆珠笔的印痕,她多了个心眼,便把这第二页笺纸保存了下来。

姜小莉把印着笔痕的笺纸交给老马,让他斜对着灯光仔细瞧。老马按她指点的一瞧,果然看出了门道。

姜小莉说:"我特别咨询过公安,如在纸面上涂上一层铅粉,那些字就会显示得清清楚楚,一撇不少……"

老马激动啊,拍着姜小莉的肩膀说:"小莉呀,好闺女,我老马错怪你啦!我得好好感谢你啊,现在我不怕啦!"

说着,他又若有所思地问:"那……那原来收条上的字哪里去了?怎么会变成一张白纸了呢?"

姜小莉"噗嗤"笑出了声,说:"老马,您可能当时没注意,任科长给您写收条的时候,动作特别多,落烟灰,用手绢擦了又擦。我当时就有点奇怪,烟灰落在纸上,吹吹不就行了,干吗那么道地,要用手绢来擦呀?"

老马拧着眉头想了半天,一拍脑门说:"我明白了,他抽烟是故意的,那手绢肯定也是他事先就准备好的,上面有能消字的化学药水……这家伙真够损的!"

老马收起留有任科长笔迹印痕的笺纸,拉起姜小莉一起上公安局去了!

(张果夫)

(**题图**:魏忠善)

财 富 人 生

　　人之幸福，全在于心之幸福。谁要是在内心里真正是知足常乐，他就能获得一切幸福。

东江客船

　　东江是一条大江,流经之地都很富庶,商家客船来往不绝。沿江人家于是就动了心思,买上一条大船,船板绘上彩色的图,配上明亮的窗户,一家人男人划桨、女人做饭,女孩子成年后就开始接客。那些有钱而又好色的商人,在这一带被骗的还真不少。

　　有个姓孙的徽州老头,一直在广东做生意,几十年下来也积攒了好几千两银子。这年冬天,他告老还乡,知道东江是必经之地,一颗心就提了起来。为啥?孙老头平时惜财如命,一直没有娶亲,也从不寻花问柳,防的就是别人骗他的钱。现在东江上花船这么多,他怎么不提心吊胆?为了保险起见,他三番五次地挑选,直到看准了船上没有女人,船家看上去也是那种老实巴交的人家,才肯上去。

可是开船那天,走了十多里地,孙老头忽然发现船上有个姑娘,看年龄十七八了。孙老头心里一紧,急忙唤船家:"这女人哪里来的?"船家吓得面无人色,结结巴巴地说不出话来。那姑娘走近前来,给孙老头行了一个大礼,说:"老先生,你别生气,听我慢慢讲来由,如果近情理你就把我留下,否则再赶我走也不迟。"

姑娘声泪俱下地对孙老头说:"不瞒老先生,其实我也是徽州人,姓王,小名叫小玉。我从小跟爹到广东做生意,长大后不幸错嫁了一个赌徒,男人输光钱财后被人砍死了。不久父母因为生意惨败,赔光了家产后也相继郁郁而终,只剩下我孤苦伶仃一个小女子,实在是无依无靠。我怕遇坏人欺负,想回乡投靠叔叔,可没钱雇船,听同乡说你老先生是当今奇男子,加上我以前的邻居又同船家相熟,所以便悄悄搭上了这条船。如蒙你帮助,我不仅每天要在菩萨面前念经保你长寿,而且死后也要做牛做马报答你。如果你不答应,就让我从这里跳下去,了结此生罢了,省得活着遭罪。"说罢,哭得更厉害了。

孙老头愕然了许久,才说:"你搭船走有什么不可以的,只是……请你别到中舱来。"姑娘见孙老头首肯,喜得连声应道:"是,是,是,小玉谨遵吩咐。"船家也行礼道谢,孙老头这才作罢。

从这以后,孙老头仍然正襟危坐,足不出中舱。而小玉也果然听话,每天都勤快地帮着船家料理杂事,从不踏进中舱半步。只有船家,每每逢上孙老头夸奖饭菜做得好、衣服洗得干净时,就会忍不住说:"这是小玉干的呀!"

这天清晨,孙老头刚起床,忽然听到"扑通"一声响,好像是有人落水的声音,只听船家大声喊:"救命呀,小玉落水啦!"孙老头伸头一看,果然见小玉在水里挣扎,一旁水面上还漂浮着几个麦饼。原来小玉一大早上岸去帮孙老头买早点,回来上船时不小心从跳板上滑了下去。

　　大家把小玉拖上船,她的衣服都湿透了,缩成一团直打冷战。众人把她扶进后舱,船工叹了一声:"后舱那么冷,小玉就这一件衣服,还不冻坏了哇?"孙老头一听,顿生怜悯之心,立即叫人把小玉扶进中舱来。小玉死活不肯,船家也疑惑地问孙老头:"你不是不许她进中舱的吗?"孙老头猛一跺脚:"那也得看什么时候,从今天起没这个规矩还不行吗?"小玉这才敢挪步。

　　这天夜里,孙老头迷迷糊糊起来解手,不小心滑了一跤,仆人们睡得死,都不知道动静,不知怎么被小玉听见了,立刻从床上跳起来,只一件薄薄的单衣就奔了过来,把孙老头扶到床上。没成想孙老头这一滑,不知是受了寒气还是受了惊吓,第二天竟倒在床上起不来了,于是小玉就天天给他煎药,端茶送水,伺候得十分周到,孙老头心里很过意不去。

　　这天晚上,孙老头看看天色实在太晚,小玉仍然坐在床边陪他,便拉着她的胳臂说:"你也不要每晚都这么陪着了,论年纪你可以做我闺女了,就在我脚后躺一会儿吧。"小玉起初有点害羞,经不住孙老头再三催促,这才上床在孙老头脚边躺了下来。

　　孙老头一个人孤独惯了,现在床上多了个人,这种滋味他还是第一次感受到,所以觉得特别暖和,特别舒服,渐渐的甚至还闻到一股诱人的香味。终于,他忍不住了,磕磕巴巴地要和小玉行事。小玉惊恐万分地说:"不……不成,我是个寡妇,又把你当成老爹,若干这种事,叫我以后怎么做人呀?"孙老头越来越把持不了自己了,哀求道:"宝贝儿,若能答应了我,这一辈子我都不会忘了你的。再说,我这些银两还不够你花的吗?"边说边压了上去。

　　从此,两个人相处如同夫妻,孙老头把钱箱也交给小玉打理。

　　算算时间就要到老家了,孙老头开始收拾行装,打开钱箱,这才发现银两少了许多。他惊慌失措地问小玉,小玉说:"你忘了怎的,你每天的油盐柴米,加上你生病吃药,哪样不用花钱呀!"孙老头贪恋小玉美貌,竟糊里糊涂地也不追问下去。

第二天,船家来报,到老家了。孙老头准备上岸,小玉出主意说:"我们现在银两已经所剩无几,可乡亲们一定以为你带了很多钱回来,说不定都会上门来向你借贷,你说你的钱不多,谁会相信呢?我叔叔也住在这一带,不如先到我叔叔家去养养身子。我蒙你错爱,虽不能立贞节牌坊,可也不愿再嫁他人,我叔叔家虽不富裕,但食宿还算方便,况且我们还有钱箱里的这点银两垫底,我还会做做针线活,咱们过日子谅也不会揭不开锅。"孙老头此刻兜里空空如也,只有听她的了。

到了小玉的叔叔家,生活上果然如小玉所说,只是小玉不时地出去,有时晚上也不回来。孙老头心里犯疑,又不敢问,更怕出门遇见熟人,只好自个儿终日窝在屋子里。

一日,忽然有几个老头路过小玉叔叔家门口,瞥见孙老头惊讶万分:"你怎么这么快就回来了?"原来,他们都曾经是孙老头在广东做生意的朋友。孙老头听他们问话口气不对,一打听,才明白自己竟在船上住了半年,小玉和船家是一伙的,他们早就精心算计好了的,每天扬帆数十里,绕个弯又退了回去,不用说到徽州,就连广东的地界都没有出呀!孙老头现在住的地方就是小玉的家,而那个船家就是小玉的亲哥哥,小玉是当地有名的妓女。他们所以还不放过孙老头,是小玉从孙老头口中知道,还有几家客户欠着孙老头的钱,说好明年开春还的,他们想把这笔钱吞了后就送孙老头上西天。

孙老头真好比哑巴吃黄连,又气又害怕,急忙跟随几个老朋友逃离了这个是非之地。后来,他靠着几个老朋友的资助,才得以安度余生。

(李修闻)

(题图:黄全昌)

寻找无价之宝

　　徐志强夫妻俩都是纺织厂的下岗工人。

　　这天,徐志强正在家里为生活发愁,他的好朋友,同车间的下岗工人刘天龙兴冲冲地找上门来,说是要和他一起到林区收购山珍。徐志强眼前一亮:如今城里人讲究回归自然,喜欢食用纯天然的食品。收购山珍是一条好门路,于是就点头应允下来了。

　　第二天上午,徐志强就和刘天龙乘火车去了东北一个偏僻的林区小镇。在小镇,他俩拿着秤,背着麻袋走街串户收购了三天,但是没收购到多少东西,主要原因是价格偏高,和市里的差价太小。

　　这天中午,他俩找了一家小店吃饭,为了省钱,两个人只要了一个菜、一碗汤、一斤米饭。他俩正狼吞虎咽地吃着,忽然进来了一个老头,长得又矮又黑又瘦,穿着一身很旧的蓝布制服,浑身都是尘土和油污,手里拿着一个一尺多长的烟袋锅,烟杆上挂着一个用布缝制的已经脏得看不出本色的烟叶包。因为这老头身上很脏,所以另外两张桌上的顾客不让他坐,老头就挤到徐志强他们这张桌上来了。

老板娘来到跟前,问老头吃点啥,老头就要了一盘白切肉、一盘木耳炒鸡蛋和四两散装白酒。徐志强想:看不出这个脏老头还挺有钱的,这两个菜的钱够我们吃一天的饭了。

酒菜上来了,老头就大口地吃喝起来,徐志强和刘天龙已经吃完了,便抽着烟饶有兴趣地看着老头,只见他风卷残云一般把两盘菜吃个精光,四两白酒也喝得一滴不剩,然后就有滋有味地抽起烟来。

小店的老板娘收完了徐志强他俩的饭钱,就朝老头要饭钱。老头伸手朝衣兜里掏钱,掏着掏着,脸上就不自然了,好半天才说:“我的钱被偷了,下回来补上。”老板娘冷笑一声,说:“被偷了,就这么巧?来骗吃喝吧?”

老头“腾”地站起身来,将上衣和裤子的四个口袋都翻出来给老板娘看,一边说道:“真的被偷了,一分钱也没有了。我也不是第一次来,先记个账,下次给不行吗?”老板娘不依不饶,声色俱厉地说:“欠了钱,你下次就不来了!今天不给钱,就别怪我不客气!”

徐志强看老头怪可怜的,就动了恻隐之心,对老板娘说:“算了,多少钱?我来付。”老板娘这才转怒为笑:“真有好心人啊。总共二十五元整。”

老头看了徐志强一眼,一言不发地出去了。徐志强替老头付完饭钱,说:“这老头挺有意思,还有点神秘呀。”老板娘笑嘻嘻地给自己找台阶下:“这老头来过几次,确实没欠钱。但是我们店小利薄,没办法呀。这老头一个人孤零零地住在离镇子四十多公里的寻宝沟,人们都说他是看宝的。哼,有多少人去寻过宝,连个屁都没找到!可这老头却在那儿一住就是几十年,真怪啊!"

徐志强和刘天龙出了小饭店,见老头正蹲在外面抽烟呢。老头站起身来说:"你们是从外地来的吧,什么时候走?"刘天龙说:"还得十天半个月才能走,有事儿?"老头说:"过两天还你们饭钱!"说完,就头也不回走了。

晚上在旅店里,徐志强和刘天龙又扯起这个神秘的老头来。刘天龙说:"志强,咱们也收不到多少货,何不去趟寻宝沟? 也许我们能有什么奇遇呢?"徐志强说:"又异想天开了。你没听老板娘说吗,何必去白跑一趟呢?"刘天龙说:"没福跑断肠,有福不用忙。我觉得咱俩和这个老头有缘分,寻不着宝,弄清楚这个老头到底是怎么回事也行。"徐志强一想也是,就同意了。

第二天早晨,他俩向旅店老板打听了路,借了铁锹、镐头和两辆破自行车,就奔寻宝沟而去。他俩在崎岖难行的山间小路上骑了四个多小时车,等赶到寻宝沟已是下午一点多钟了。

这寻宝沟原是一条宽约两百米、长约一千米的山沟,夹在两座高耸入云的巨峰中间。沟里有一条清澈见底的小溪,小溪两侧绿草如茵,鲜花怒放。徐志强和刘天龙边用清凉的溪水洗脸,边惊叹这里的美景,如同到了世外桃源、人间仙境。但是那个老头住在哪里呢?

他俩把自行车藏到一片树林里,然后背上食物和工具,顺着小溪往里走。走了大约三百多米,绕过一块十多米高的巨石,才看见在小溪边一块较平坦的地上,有一间低矮的草坯房,房子四周用松木围成个院子,院子里飘着淡蓝色的炊烟。

徐志强他们走到院子门口,就看见那个老头正蹲在院子里呢。一照面,老头问:"是要饭钱,还是寻宝来了?"徐志强忙说:

"不是要饭钱！二十几块钱还能跑这老远来要？""噢，那就是寻宝来了！"老头说完，从口袋里掏出三十元钱给徐志强，"饭钱给你，寻宝就不必了，哪有什么宝，这条沟都快被人翻个底朝天了，谁寻宝了？趁天没黑，赶快往回走吧。"

徐志强和刘天龙大老远跑来累得要死，哪肯轻易就回去，便顺势坐了下来，边喝茶边和老头搭讪。老头光听他们自我介绍，就是不接嘴，"吧嗒吧嗒"地抽着烟。

见话不投机，徐志强他们只好站起来，向老头打了声招呼，就出去寻宝了。他们一个在小溪的南面，一个在北面，东一镐、西一锹地起劲地挖着、刨着，一直折腾到晚上七点多钟，太阳已经下山了，依然一无所获，只好罢休，决定明天再继续找。

他俩想跟老头借宿，但是走到院门口，发现院门已经关上了，草屋的窗户上糊着报纸，透出淡淡的烛光。徐志强说："老头显然是不欢迎咱们。好在天不冷，咱们在院外歇一夜吧。"刘天龙无可奈何地说："也只好这样了。"两人便坐下吃了几口面包，喝了点水，挤在一起迷迷糊糊睡着了。

第二天早上天刚蒙蒙亮，他俩就醒了，发现身上盖着一床花棉被。显然是老头昨天夜里给他俩盖上的。两人起身将棉被叠好准备送回去，却发现院门仍然紧闭，草屋内也无声无息，只好将棉被放在院门外，然后到小溪旁洗了把脸，吃了点东西，便接着寻宝。九点多钟，他俩坐下来歇口气，忽然，老头叼着烟袋锅来到跟前，用奇怪的眼光看着他俩，看得他俩心里有些发毛。

他俩忙站起来，向老头道谢棉被的事儿。老头问："寻着宝了么？"他俩摇摇头。老头四周望了一下，用长烟袋锅指了指远处一块巨石说："那块地方没被人寻过，你们再找找看。"说完，转身走了。徐志强和刘天龙尽管觉得老头不可捉摸，但还是绕着巨石仔细地找了起来，一寸一寸地挖，生怕漏掉了宝贝，可一直找到下午，依然什么也没找到。最后，徐志强擦了擦汗水，看着巨石,对刘天龙说:"咱俩干脆把它掀开看看。"刘天龙点点头。他俩走到巨石的上坡处,背靠巨石,双手从背后抠住巨石,一齐大吼一声,用尽全身力气一掀,只听"轰"的一下,上千斤的巨石一下就被他俩掀开了。他俩顾不上喘息,急忙寻找。刘天龙眼尖,发现一块地方似乎被人挖过,黑土露了出来,就急忙拿起铁锹小心地挖下去,只几下便挖出一个锈迹斑斑的小铁箱子,极像车间里的工具箱。

他俩既疑惑又欣喜地打开箱子,里面有一个不知是什么兽皮包成的小包。刘天龙小心翼翼地打开小包,里面露出了一个古色古香、锈迹斑斑的青铜香炉。刘天龙有点文物知识,立刻欣喜若狂地说:"这是汉代香炉,古文物,太值钱了!咱们可发财了!"徐志强无比激动地接过香炉,眼中泪光闪烁。两人兴奋了好半天,刘天龙说道:"咱们拿过去给老头看看,多亏他指点呢。""是啊,有了好处不能忘了他。"徐志强点头称是。

此刻,老头正蹲在锅台前烧火,锅里大概正在炖肉,浓浓的香味弥漫着小院。徐志强一进门就欣喜地对老头说:"大爷,多谢你指点,我们终于找到宝物了。"说着,将古香炉拿了出来。

老头脸上仍没有笑容,一言不发,接过古香炉看也不看,放在地上,忽然举起斧头狠狠地砸下去。等徐志强和刘天龙反应过来,欲上前制止时,古香炉已被砸成了一块铜饼。他俩心疼得像刀绞一般。刘天龙恼怒地朝老头发火:"大爷,你这不是要我们的命么!你知道这香炉值多少钱么!"徐志强也急了:"大爷,我们一家老小都等着我们赚钱活命呐,再说我们也打算卖了以后给你一大笔钱。这下可完了!"

老头等他俩发完火,才慢条斯理地说:"那是仿制的工艺品,不值几个钱!是我前几年让人放在巨石下的,难道你们就没有发现什么可疑之处?"听了老头的话,徐志强和刘天龙目瞪口呆。他俩想起刚才掀开巨石时好像是发现有人挖过的迹象,但是当时只顾高兴，并没当回事儿。他们又拿起那个砸扁的香炉，仔仔细细地辨认，终于发现这确实是仿制品，顿时像泄了气的皮球，浑身发软地坐在了地上。

老头往炉灶里加了一把柴，然后意味深长地劝道："别那么泄气嘛，其实你们已经找到宝了。""找到宝了，在哪里？"他俩以为老头是在开玩笑，老头却肯定地点点头："对，我知道你们来自云岭市。云岭市天马公司，你们听说过吗？"刘天龙回答："当然知道！是我们全省都数得着的民营大企业。"老头接着问："你们愿不愿意去天马公司工作？"徐志强和刘天龙咕哝着："那当然愿意喽，可是人家不收咱呀。"老头说："你们等会儿。"就进屋去了。

二十多分钟以后，老头出来了，递给徐志强一个大信封，说："你们回去后，到天马公司找信封上写的这个人，他会让你们满意的。"然后老头从锅里盛了两大碗香喷喷的野鸡肉让他俩吃，说是为感谢他俩那天帮他付饭钱，特意为他俩做的。

吃完了炖野鸡肉，在老头的催促下，他俩当天便返回了小镇。为了搞清楚老头葫芦里到底卖的啥药，他俩一回到云岭市，便拿着信来到天马公司的办公大楼。一问，才知道信封上写的那个人叫孟新同，是这家公司的总经理。

孟总经理很客气地接待了他们，听了他俩的叙述，又看了老头托他们带来的信，笑着对他俩说："现在你们有啥问题，都可以问，我会告诉你们真相的。"徐志强问："那位老大爷和你是什么关系啊？他为什么独自一人住在深山里？"孟总说："你们碰到的那位老大爷是我的父亲，他是东北抗联的老战士，曾是杨靖宇将军的警卫员之一。当年他因为有伤和杨将军分开了一段时间，就在那段养伤的日子里，杨将军牺牲了。你们去的地方就是杨将军当年牺牲的地方。我父亲是因为怀念杨将军，所以才在那里住了几十年，直到现在仍不肯离开。他对我说，他死后就埋在那里。"徐志强、刘天龙敬佩得直点头，刘天龙问："孟总，你父亲为啥故意藏宝让人们找?"孟总回答:"寻宝沟有宝是人们谣传的,他们见我父亲独自一人住在那里,挺神秘的,就瞎猜瞎想。这几年很多人都去寻宝。我父亲担心把那里的风景给破坏了,所以就藏了一个仿制的古香炉让人们找,找到了也就不会再有人去了。没想到这次你们去了,我父亲在饭店遇见你们,觉得你们是好心人,又看你们是下岗工人,所以才指点你们,其实是想试试你们。如果你们挖到了仿制香炉就不辞而别,我们今天就没有机会见面了——这些情况都是我父亲在信上告诉我的。他让我给你们在天马公司安排个工作,我想,这次你们可真的寻到宝了啊。"

徐志强和刘天龙一听,这才恍然大悟,连连点头说:"是的,诚实、善良和勤劳,就是我们找到的宝呀!"孟总哈哈大笑:"说得太好了! 这个宝会让我们终身受用不尽啊!"

（张思雪）

（**题图、插图:**黄全昌）

钓鱼王

　　杨三钓鱼已经有几十年历史了,每次他只要在岸边一坐,渔竿往塘里一伸,不一会儿,那些青鱼、鲤鱼、草鱼、鲫鱼,甚至黄鳝和王八,都一个一个被他扯了起来。他们家别的不敢说,鱼是天天有得吃,煎炸、清蒸、红烧或是熬汤,总之想怎么吃就怎么吃,直把旁边人的眼睛都看直啦!

　　杨三成了钓鱼王,方圆百里,老有钓鱼爱好者缠着他讨教秘诀,每回都被杨三一句话给挡了回去:"我哪有什么秘诀,不就是用蚯蚓、香油拌面粉做的鱼饵。"

　　可人家不信!

　　这天,杨三早起,因为今儿个家里要来客,他想多钓些鱼,晚上改善改善伙食。没曾想,那根平时使惯了的渔竿却莫名其妙地不见了。杨三不免有些奇怪：自己这根渔竿，连鱼丝、鱼钩加起来，也不会超过十元钱，人家拿去有什么用呢？再说镇上那些钓鱼的人中，比自己高级的渔竿有的是，怎么不去拿他们而偏偏要来拿自己的呢？虽说这渔竿不值钱，可毕竟使了这么多年，感情深着哪！想到这一点，杨三连连惋惜。

还好！第二天，丢失的渔竿就被送回来了。这人居然还留下一张纸条，上面写着：不好意思，事先没跟你打招呼，就将渔竿借走了。回去仔细研究，也未发现有何玄机，只好完璧归赵。

"这小子！"杨三抚摸着自己这根失而复得的渔竿，欣喜之余还有些得意：钓鱼靠的是心静，要说诀窍这就是诀窍。你们这样急吼吼地找诀窍，还能钓上鱼？

杨三重又操起渔竿。这天，他在岸边整整坐了几个钟头，却连个虾子都没钓着，这可是从来没有过的事。莫非这渔竿出了问题？他准备收竿，一拉，手感很重。怎么回事，难道是逮着大家伙了？使劲儿拉上来一看，哪里是鱼，却是个像葫芦形状的东西，红红的颜色，怕有四五斤重哩！

杨三觉得奇怪，将这东西拿回家里，第二天就一头扎进图书馆翻资料。经查阅，原来这叫不上名的东西，学名可能叫"红螺"，现在市面上极少能见到。杨三不禁动了念头：既然是稀有之物，就有可能卖出大价钱，如果这样，说不定今后一辈子就吃喝不愁了。

杨三心里激动啊，匆忙回家，打算赶紧找买主将红螺高价卖掉，发笔横财。可谁知赶到家里一看，那红螺却不见了，问老婆，老婆说已经将它做了汤。杨三一听傻了。

老婆见他怔怔的，就问："你怎么啦？"杨三嘴唇动了动，什么也没说，只是猛揪着自己的头发，号哭起来。

自这以后，杨三像变了个人似的，本来就不爱说话，这下就更成"闷葫芦"了。他省吃俭用，花一百多元钱买了一根进口渔竿,天天坐在塘边发呆。他觉得自己过去实在太弱智了,什么心静心不静的,人活着,不就是图个好日子过么!杨三现在一门心思就想再钓上一个大红螺,好好发它一笔横财。

一直在等待机会的杨三,这天终于等来了自己的好运气。他先看见塘中的浮标动了,一拉,就像上次一样,手感重极了,再一拉,却怎么也拉不动。他的心狂跳起来,他看见水面跳动的阳光像红螺一样放着光彩,凭着第六感觉,他觉得这回的收获肯定不一般。他根本就没有耐心等下去了,衣服也顾不得脱,"扑通"一声跳下了水……

这边杨三跳塘摸宝,好像有感应似的,他家里的老婆此刻也坐不住了,见天色已近傍晚,杨三还没回家,便一路找寻过来。只见落日的余晖照着杨三扔在塘岸边的草帽子,那根进口的高级渔竿孤独地伸向塘中。杨三老婆一看,就知大事不好,忙转身喊人救命。

跳进塘里的人根本不能将杨三的尸体捞起来,原因是杨三不知被什么东西绊住,一点都不能移动,于是只好将塘水抽干。后来,众人看到了这样一个场景:那钓鱼钩勾住了一根树杈,树杈旁,有一块像红螺形状的石头,被紧紧卡在塘泥的乱石中,钓鱼王杨三就紧紧抱着那块被卡住的红螺形状的石头。

令人感到奇怪的是,杨三的脚并没被什么东西缠住。那他为什么会死呢?很显然,他是不愿放弃那红螺石而最终丧失了自己的生命。

（刘平海）

（题图:黄全昌）

救命的旧皮箱

　　有个业务员叫钟强，单位是管城建的，所以他手中权力很大，每天找他请吃请喝、送这送那的客户络绎不绝。开始，他只是吃点喝点，可后来红包、礼金、回扣啥的一来，他渐渐抵挡不住了，时间一长，攒下了一大笔钱。

　　就在这个时候，有人向上面写信举报钟强。钟强吓出了一身冷汗，赶紧将暗藏在衣橱、书柜、墙壁夹层里的一百万元钱全拿出来，装进一只旧皮箱。旧皮箱其实并不大，按理装这一大堆钱有点儿挤，可说来也挺怪，这么多钱装进去，箱子里居然还空出三分之二的地方，当时钟强心急慌忙的，也没细想，提了皮箱就出了家门。

　　钟强在别的几家银行里还存了五十万元，他东跑西颠地把这钱全取出来,也放进了旧皮箱。咦,怪啦,箱子里居然还有地方空着呢!

钟强于是又给一个铁哥们儿打电话。那是在半年前,那哥们儿替一家公司牵线,从钟强单位拿到一个基建项目,公司给了钟强五十万元好处费,钱一直由那哥们儿替钟强保管着。现在,哥们儿接到钟强电话,立即把钱送了过来。真是邪门了,这钱放进皮箱,箱子里还是空出好大一截,而且箱子里现在装了二百万,拎在手里却反而更轻飘飘起来。

钟强满腹狐疑,他将箱子里所有的钱全倒了出来,数一数,没少啊?钟强顾不得琢磨这里头的蹊跷了,开车直奔百余里外的乡下老家,他打算将钱藏在老家桂花湾后山的祖坟里,那地方山高林密,人迹罕至,等过了这阵风头,再挖出来好好享受。

为了避开老家的熟人,钟强特意选择了一条简易公路,七弯八绕,一路颠簸,开到后山时天已黄昏了。钟强将车停在路边,下车后,四顾无人,就拎着皮箱上了山。他打小在这里长大,方圆十余里的山山水水、沟沟坎坎,对他来说简直了如指掌,就算把眼睛蒙上,随便扔到山林中的哪个角落,他也能摸回来。

可今天就是奇了!明明是熟悉得不能再熟悉的地方,可钟强走着走着,却像陷入了迷魂阵,跌跌撞撞地转悠了几个小时,又稀里糊涂地回到了原处。这时早已经入夜了,一轮幽幽的月亮高悬在半空,死一般寂静的山林里突然浮起了一阵白雾,蒙眬中透着一股诡秘之气。钟强早已饥肠辘辘,加上又冷又累,所以心里特别慌,几声夜鸟的啼鸣,惊得魂飞魄散。

这当儿,走来一个男孩,约摸十来岁,长了颗大虎牙,下巴上有颗黑痣,牵着条大黄牛,说是路过这儿的。钟强见了,赶紧迎上去问:"小朋友,桂花湾怎么走?"

这男孩借着从树桠间透射进来的月光,上上下下打量了钟强一番,眨巴着眼睛问:"你去桂花湾干吗?"

钟强笑道："我爹就住在桂花湾,我回家看他,没想到在这里迷了路。"

"哦,那俺问你,你爹叫啥? 你可甭想骗俺,俺家就住在桂花湾。"

钟强眉头一皱,见这小家伙挺难缠的,就如实说道："我爹叫钟老栓。"

"你没骗我吧? 你说说,钟老栓家几口人? 他爹叫啥?"

钟强赔着笑,耐着性子,一一回答了这男孩的提问。

男孩瞅了瞅钟强,又盯着他手里拎的箱子。钟强赶紧塞给男孩一张百元大钞,说："小朋友,只要你把我领到桂花湾,这钱就归你了。"

男孩接过钱,认真地看了老半天,又扔还给钟强："我没见过这钱,还给你,我送你到桂花湾得了。"

男孩让钟强骑在牛背上,他自己牵着牛慢慢在前面走。钟强趴在牛背上一颠一颠的,不知不觉就睡着了,等醒来睁开眼睛时,他吓了一跳:自己竟然躺在老屋的床上,他爹正坐在床头,笑吟吟地瞧着他。

钟强愣了老半天,问："爹,我、我咋睡在这儿?"

他爹说："俺正想问你哩! 一大早起来,俺听见你这房里有动静,过来一看,嘿,你小子居然偷偷摸摸溜回来了。爹就知道,准是跟媳妇吵了架,半夜三更跑回来的。唉,俺早就跟你说过,女人哪,就是跟男人不一样,爱使小性子,你得让着她。想当年,爹跟你娘……"

钟强脑子里一团糨糊:我咋会睡在这里的? 那男孩是谁? 对了,那只装了二百万的旧皮箱呢? 想到皮箱,钟强"嚯"地跳起来,这才发现其实皮箱就枕在他自己的脑壳底下。他也顾不得爹在,急急忙忙打开箱子看,这一看可就傻了眼:箱子里空空如也,二百万不翼而飞了!

他爹不明就里,奇怪地问:"你咋拎这旧箱子回来? 你不是一直嫌它旧不喜欢么?"

此刻,钟强的脸煞白,脑门上直冒冷汗,他顾不上回答爹的问话,急忙打听那男孩是谁。他爹听他把男孩的长相描述了之后,惊得瞪着眼睛喊起来:"你说的肯定就是成伢子,可他已经死了二十年啦,这只皮箱就是用他家那条牛的皮子做的哩! 你、你莫非撞见鬼了?"

说起成伢子,有这么一件事。

那时候,因为家里穷,成伢子上不起学,只好去帮人家放牛。可他实在想念书,于是就想了个主意,每天一大早把牛牵到后山腰,在地上打个木桩,将牛绳拴在上头,让牛自己在那儿吃草,他就跑到村小学,趴在教室窗台上听老师上课,等学校放学了,他才跑回去,解开牛绳,把牛牵回家。

可没想到这山上有只猴子特别顽皮捣蛋,有一天等成伢子一走,它立刻蹿出来将牛绳解开,牵着牛四处溜达。结果牛钻进人家黄豆地里,把一丘黄豆连吃带糟蹋全给毁了。天快黑时,成伢子回来了,这时候那猴子早把吃饱了的牛牵回了原地,还七缠八绕地将牛绳拴在那木桩上。成伢子没看出来,当然也就不知道牛吃黄豆的事。可他前脚刚把牛牵回家,人家黄豆地的主人后脚就找上门来了。成伢子他爹铁青着脸质问儿子,成伢子哪晓得是猴子背后捣鬼,他一口咬定黄豆不是自家牛吃的,于是两家吵得天昏地暗。

成伢子他爹平时最看重脸面,家里再穷也从不贪人家一针一线。吵着吵着,他倔脾气上来了,从屋里找出一把刀把牛给宰了,剖开肚子一看,惊得瞠目结舌:里头全是黄豆。

成伢子眼睁睁看着朝夕相处的老牛被宰,又伤心又气恼,当晚就病倒了,没几天就咽了气。他爹悲痛欲绝,不久也郁郁而终。成伢子从小就死了娘,家里只有他们父子俩,现在一老一小全走了,好心的村里人就替他们料理后事,钟强他爹买下了那张牛皮,送到镇上的皮货店去做了一大一小两只箱子,大箱子留在家里放衣服,自打钟强上县城念中学起,小皮箱就一直陪伴着他。

　　这件事,爹以前从没对钟强说起过,今天钟强听爹说完这段悲惨而离奇的故事,心像猛地被重击了一下:牛嘴馋贪吃丧了命,人怎能也走这样的路啊?

　　两天后,钟强拎着空空的旧皮箱去检察院投案自首,可奇怪的是,当检察人员打开皮箱时,皮箱里那二百万元钱却一分不少……

(徐　彦)

(题图:魏忠善)

老井里的财富

　　老欧是石凹村的村民组长,可他这个组长难当啊。为啥?石凹村有张、李两大姓,两姓人家争强斗胜,老欧这个单门独户夹在中间,两头受气。

　　这段时间,老欧早出晚归,躲着大家,不知在忙乎啥。这天天还没亮,他又悄悄溜出家门,正在这时,从路边树丛中跳出一个大汉,拦住了他:"老欧,你给我站住!又想开溜啊?连掏井这点屁事都怕管,也配当村民组长?"

　　说话的是村民李二牛,老欧明白他说这话的来由。因为大旱,村里饮水出现了困难,其实只要掏干净当家塘塘底那口老井,问题也就解决了,可老欧有老欧的苦衷。

　　老欧对二牛说:"不是我想开溜,你们两大家子也太能闹腾了。就说往年掏井吧,工钱划不来,没人愿意接手,可现今有点油水了,又争得打破头。你叫我怎么管呀?好,好,反正迟早都得管,今天就开会!"

半上午,老欧召集村民在场基地上开会。他蹲在石磙上抽闷烟,见村民都到齐了,便将烟屁股往地上一砸,黑着脸硬邦邦地说:"开会!这几天,有人骂我不该躲起来,做缩头乌龟。好,我这就伸头冒个泡!今儿掏井,得按我说的办!我的方案绝对公平,大家姿态都要高一点。要是有人磨牙,我再也不管了!"

接着,老欧提高嗓门大声说:"下面,愿意承包掏井的,报个名,报名时间五分钟。计时开始!"

"我……想承包!"头一个报名的,是村里的寡妇王芙蓉,她低着头,缩在人群后面的角落里,瘦弱的身子像风中的蒿草。

老欧挥挥手:"好,算一个。"

"嘿嘿,我也报个名!谁叫我这么穷呢!对了,乡亲们别误会,我可不是在装穷!"二牛跟着站了起来,话中带刺,语里含讥。老欧清楚,二牛家境殷实,才不会去干这又脏又累的活!他报名是故意和王芙蓉作对,不想让她承包。

二牛捣蛋是有原因的。十年前,这个小村庄里出了两个响当当的人物:一个是乡里书记李有玉,李二牛的亲叔子;一个是乡长张青山,王芙蓉的丈夫。但他俩又先后出了事:一个贪污,案发坐牢;一个带着贪污嫌疑,结果惨死。两姓人家都纷纷传言,说这场变故是对方暗中陷害,所以现在二牛故意和王芙蓉对着报名,弦外之音就是:你丈夫生前是贪官,你肯定手里有钱,现在是故意哭穷揽活儿,表清白。

场上的气氛显得有点紧张,接下来,两姓人家都比赛似的报名,个个像好斗的公鸡。老欧却神闲气定,五分钟之后,他从兜里掏出一叠小纸条,分发给报名的人,说:"下面开始竞争承包,各人把想要的工钱数额写出来。谁开的工钱低,就由谁承包!"

这一招谁也没说的！纸条最后都交到老欧手里之后，老欧当众公布各人提出的要价。出价最高的四百，最低的只有一百八，比往年低了一百多，出价者就是王芙蓉。没人再嚼舌头了，王芙蓉黄巴巴的脸上露出了笑容。

老欧好像有点不放心，提醒王芙蓉可不能临阵反悔。王芙蓉摇摇头：“我敢拿大伙儿开心吗？反正闲着也是闲着，挣一个是一个，孩子上学要钱哪……”

老欧的心像被针狠狠地扎了一下：这个女人不容易啊！当乡长的丈夫死后，她犁田打耙，什么活儿都干，拉扯着儿子供他念到高中，马上又要上大学，最近为儿子的学费发愁，头发急白了一大把。看她那样子，累得病歪歪的，风都能吹倒……

散会后，王芙蓉就干了起来。她带着儿子来到老井边，笨手笨脚地安水泵、架辘轳。因为丈夫的缘故，姓张的怨她，姓李的恨她，这么多年来，大事小事没人愿意帮她，烈日炎炎之下，她酸涩的泪水只能悄然滑落，滴入浑浊的井水中。

半下午，井中的泥水排完了，王芙蓉拴好大箩筐，蹲进箩筐里，望了望深井里的烂泥，眼睛红红地叮嘱儿子：“妈下去了。摇辘轳累人，你力气单薄，摇不动跟妈说一声，妈少装点泥。”

箩筐徐徐落到井底。忽然，脚下的箩筐晃动起来，井底还发出奇怪的“嚓嚓”声，王芙蓉吓了一大跳，以为是条大蛇，她喘着粗气，操起铁锹，紧张地瞪大了眼睛。只见井底的淤泥缓缓蠕动着，再定睛一看，她惊喜地叫了起来：“王八！王八！”王芙蓉颤抖着手，用铁锹在淤泥中拨了拨：我的天，泥下面还是王八！这该有多少王八，要值多少钱哪！她激动得心儿“怦怦”狂跳！

不一会儿，就摇上来一箩筐王八！接着，又是一箩筐！足足装了两大蛇皮袋。村里人闻讯跑来一看，个个目瞪口呆。

二牛拿着杆秤也来了，一称，斤两一出来，立刻有人叫道：“乖乖，能卖一万多块啊！真是人算不如天算。这寡妇，他儿子两年的学费都有啦!"二牛眉毛一挑,"哼"了一声,叼着烟走了。

井口的人渐渐散去,可王芙蓉的心却怎么也平静不下来。她拍拍身上的泥,径直向老欧家走去。推开门,屋里的争论声戛然而止,只见饭桌边,老欧捧着茶杯埋头喝茶,二牛眯着眼睛抽烟,两人面对面僵持着。

王芙蓉开门见山地说:"老欧,我是来告诉你一声,那些王八,归大家。"

老欧浑身一哆嗦,茶水泼洒在桌面上。他脱口道:"你缺钱啊!别,千万别……"

王芙蓉淡淡一笑:"不,青山在世时跟我说过,东西不是自己的,再稀罕也不能要。不管别人怎么议论他,我一直信他的为人。说实话,我开始也想要这笔横财,可想想青山的话,觉得自己不能要了!王八是集体的井里发现的,应该是集体的。"

"就是嘛!"二牛得意地望着老欧,"怎么样?人家自己都这么说了,你还能说我无理取闹吗?这下,你不'难办'了吧?嘿嘿,我这就去通知大伙儿来开会,请你为大家秉公办事!"

二牛一出门,老欧赶紧劝王芙蓉别犯傻,几乎是在哀求她了,可怎么劝说都白搭,急得老欧团团转。

不到一支烟工夫,屋里屋外就聚满了男女老少。大家都在想:这么多王八,这么多钱,凭什么让一个贪官老婆独吞?这一次,两姓人家意见高度一致:是集体的,就该分!

老欧一屁股坐在凳子上,眼珠不转了,腮帮上的肉急速地跳了几下,好像被王八偷袭了一口,样子很滑稽。突然,他"噌"地站起身,脸红脖子粗地嚷道:"分?那不行!你们也不想想,这年头,野生王八有多稀罕,一口井里怎么会有那么多?那些王八,其实……其实都是我放进去的!这几天我跑了多少集市,才买到这些野生王八!要不是你们急着掏井,我还要多买一点……"

这话,哪有人信!

二牛眼珠朝老欧一翻："哼！编鬼话，想蒙白痴啊？谁也别想独吞！"

老欧的眼窝突然湿了："事到如今，我只好说实话了。说出来也好，省得心里堵得慌。我这么做，是因为我对不起死去的青山兄弟啊，他是个好官！吃水不忘打井人，你们晓得吗，咱村那口老井，根本不是乡里拨的款，是青山兄弟自己掏的腰包！"

当时，老欧在乡里当会计，这事是他经办的，应该不假。再说，出事前，张青山的口碑确实很好，老欧的话，不少人都信，还回想起青山生前的许多好处来，有人咂嘴，有人叹息。

二牛感觉屋里的气氛变了味，很气恼，阴阳怪气地说："哟，真会扯啊！就算这事是真的，可我怎么越听越糊涂，你哪里对不起张青山了？他张青山既然这么正派，干吗还……"

"二牛，你给我闭嘴！"老欧没等二牛说完，就重重地拍着桌子说，"我告诉你，青山确实是被人诬陷的！我就是帮凶之一！我……我没脸见青山兄弟啊！"老欧泪流满面地说起了那段扑朔迷离的往事。

那年，乡中学要建教学楼，乡书记李有玉的一个亲戚想承包，乡长张青山知道那人是个土瓦匠，没有资质，所以坚决反对。李有玉气坏了，决心整倒张青山，就吩咐亲信老欧煞有介事地炮制诬告信。上面很快来人调查，恰逢此时，张青山带领群众开山修路，没想竟失足摔下山崖死了。于是案子成了悬案，大家众说纷纭……

老欧说到这里，屋里唏嘘一片。

二牛哪里服气，瞪起牛眼吼道："就算他姓张的冤屈了，那咱叔不定也是被谁陷害了。老欧，好像当初还是咱叔聘你到乡政府当会计的吧？你都忘了？你这个忘恩负义的小人！"

老欧点点头，又摇摇头，挺了挺脊梁，说："是的，你叔李书记是有恩于我，我还成了他的心腹。但事实是——他是一个贪官！

没有人陷害他,举报他贪污的人……就是我。"

屋里突然寂静一片,空气仿佛凝固了。

老欧悔恨交加地解释说,张青山死后,他受不了良心的煎熬,匿名举报了李书记。案发后,李书记想减轻自己的罪责,就把责任推到死人头上,说是张青山拖他下水,贪污的钱,主要是张青山拿的,所以案子又成了悬案。

老欧越说越愧疚,低垂着脑袋,揪着凌乱的头发,痛心疾首:"我做了亏心事啊! 这十年来,只要一闭上眼睛,我就梦见青山兄弟怨恨地看着我! 我帮青山家里,只是想还这十年的心债,可你们却闹得我死后也没脸见青山!"

真相大白,王芙蓉愣愣地站在那里,因为抽泣,瘦弱的肩膀剧烈地颤抖着。她对老欧说:"老欧,你替青山还了清白,谢谢你。你的心意我领,但东西不能要,青山也不会同意的! 我这就把王八给你送过来……"王芙蓉说罢,摇摇晃晃出了门,瘦小的身影匆匆消失在黑沉沉的夜色中。

两姓人家,姓张的心里畅快,喜滋滋地走了,姓李的低着头,默默无言地散去。这一夜,山村依旧那么静谧,只是许多人家窗口,灯火明明灭灭……

王芙蓉一宿没合眼。天色微明,她叫醒儿子去掏井,拉开大门的一瞬间,她惊呆了:门洞内的地上,零乱地放着一卷卷小红包,拆开一看,里面包的全是钱! 最多的有八百,最少的也有八十,总数一万多! 再数数红包,一共是四十一个,除自家外,村里刚好四十一户。

她明白了:夜里,姓张的都来过了,姓李的也全到了。红包里外光光,都没留名,分明是想让她无法退还呀!

王芙蓉的视线模糊了……

(白　驰)

(题图:魏忠善)

遗嘱背后的故事

　　太平洋船舶运输公司的老板叫高见,这一天,他带着妻子美矢子到寺庙进香,出来时撞上了正在寺庙门口乞讨的一个十二三岁的小男孩。当小男孩向他们伸出黑黑的小手时,高见夫妇不由对视了一眼。夫妻俩都已五十出头了,可至今仍膝下无儿,早在一年前,他们就想收养一个义子,可是由于种种原因一直没有如愿,难道现在是命运之手把这个小男孩推到了面前?

　　美矢子弯下腰,微笑着问:"孩子,你几岁了? 叫什么名字? 家里还有什么亲人?"小男孩盯一眼衣着考究、慈眉善目的高见夫妇,如实道:"我十二岁,叫楠根,我没有家,爸爸妈妈都生病死了,我什么亲人也没有。""那么,你愿意跟我们走吗? 我们愿意收养你,给你提供……"美矢子的话还没说完,楠根已经忙不迭地点头了。楠根虽然穿得邋遢,但高见却从他的眼神里看出一种少有的灵气。

就这样,楠根成了高见夫妇的义子。从此,他的人生发生了翻天覆地的变化,不但过上了优越的生活,而且还被送进了最好的学校。楠根读书非常刻苦勤奋,所以成绩优异的他不仅被学校老师普遍赞赏,同时也很让高见夫妇欣慰。

当然,楠根也不是十全十美的孩子。不知道是不是流浪时穷怕了的缘故,楠根对金钱所表现出来的嗜好几乎到了令人难以理喻的程度——每次高见夫妇给楠根零花钱,他总要习惯性地在刚到手的钱币上亲吻一下。开始时,高见夫妇并没有把这太当回事,可是次数多了,他们就觉得不能容忍。他们决心要帮助楠根彻底改掉这个坏习惯,最好的办法就是让楠根明白,金钱并不值得如此"注重"。于是,高见夫妇就开始增加了楠根的零花钱,只要不是太过分,他们总是尽量满足楠根提出的关于金钱方面的任何要求。果然,随着时间的推移,楠根虽然花钱时有了大手大脚的倾向,但那个亲吻钱币的毛病终于改掉了。

楠根二十四岁那年在东京读大学,因为学业的关系,他要三四个星期才坐飞机回一趟在伊豆岛的家。这天,当他回家走进客厅时,发现义父母身边还坐着一个容貌秀丽的陌生女子。

没等楠根开口,义母美矢子拉过那个陌生女子,对楠根说:"孩子,来,让我给你介绍一下,她是我和你爸爸两天前刚收养的义女,叫阮文香,比你小一岁,从今往后,你就是她的哥哥了。"

那个叫阮文香的陌生女子盯一眼楠根,身子不由自主地直往美矢子身后缩。美矢子搂住阮文香安慰道:"孩子,别怕,他不是坏人,他就是我和你爸爸这两天一直对你说起的楠根哥哥。快叫哥哥。"

"哥哥。"阮文香怯生生地叫了一声。高见在一旁笑了,摆摆手冲美矢子说:"楠根刚回来,你先让他休息一下再聊也不迟。"

楠根这才放下手中的行李,冲阮文香友好地笑笑,然后到自己房里冲洗去了。

后来,楠根从义父嘴里了解到,阮文香本是河内一所大学日语专业的学生,她历尽艰辛偷渡到日本,本以为可以好好找一个体面的工作,挣一份可观的收入,可谁知一踏上东京的土地,就落入了当地黑社会的手中,被直接卖到六本木的红灯区,第一天就被人强暴,接下来的一个星期,她几乎天天都要遭受一个又一个陌生男人的蹂躏,最后,不堪凌辱的她好不容易逃了出来,辗转来到伊豆岛,准备跳崖自杀时,被高见夫妇救了……

楠根对高见道:"爸爸,这么说,妹妹要一直在我们家里住下去了?"

高见点点头,继而又摇摇头:"那要看她自己的选择,我和你妈妈之所以收她为义女,当时更多考虑的是想让她看到生活的希望,想让她坚强地活下去。怎么,你不喜欢家里多个妹妹吗?"

"喜欢,当然喜欢。"楠根认真地说,可是他的心里却有一种莫名的失落,他担心这个突然冒出来的妹妹会分享本来由他独享的义父母的疼爱。

接下来的几个月里,楠根先是大学毕业了,然后他按义父的安排,参加到了太平洋船舶运输公司的日常经营管理中,成了义父工作上的得力助手。与此同时,阮文香也走出了生活的阴影,她生下了一个漂亮的女儿,虽然这个女儿的父亲不知道是谁,但孩子毕竟是无辜的。高见亲自给孩子取名叫贵子,夫妻俩像疼亲外孙女一样地疼着她。

但这年年底,一件不幸的事发生了:那天,阮文香驾车和美矢子去购物,途中遭遇车祸,两个人先后离开人世。多病的高见经受不住如此打击,一星期后也永远闭上了眼睛。

丧事办完之后,高见的私人律师竹村向楠根宣读了高见的遗嘱,这是高见在临终前特地嘱咐律师立下的。出乎楠根意料的是,义父尽管明确表示太平洋船舶运输公司的经营、财产由楠根继承,但又附加了一个条件:公司每年收益的百分之六十,必须转入为贵子的成长专门设立的一个基金账号。楠根理解义父对贵子的感情,但他想不通的是:义父为什么要把公司收益的大部分分给贵子?难道贵子在义父的心中比自己还重要?

楠根怀疑地从竹村手里接过义父的遗嘱,一字一句认真地看了起来。竹村没有骗他,遗嘱最后义父的签名也是自己熟悉的,甚至他还发现,办事一向细心、严谨的义父,还在遗嘱中特别指定,由家里的忠实佣人保奈美负责贵子幼年时的衣食住行;在贵子成年前,为贵子专门设立的那个基金账户上的钱,非经楠根、竹村、保奈美一致同意,任何人不得私自动用。

楠根看完遗嘱,呆了好一会儿,突然歇斯底里地冲着墙上义父的遗像吼道:"爸爸,这不公平,为什么什么也不懂的贵子要比我拿更多的钱?为什么以后要由我挣钱让她享受?爸爸,您说话呀!难道您以前对我的爱都不是真的吗?"楠根真恨不得把义父的遗嘱撕个粉碎。

又一年过去了。这年夏天,贵子已能甜甜地冲楠根喊"舅舅"了,而楠根呢,也在这一年遇到了他生命中的女人——洋子。一个星期以后,楠根就要和洋子订婚了,这天,楠根特地在伊豆最大的百货商场为洋子挑选了一枚订婚钻戒。才从商场出来,楠根就被义父在世时的家庭保健医生井边拦住了。井边说:"楠根君,好久不见了,我们可以找个地方聊聊吗?"平时,楠根感冒、咳嗽一类的毛病都是井边给调治好的,楠根一直对井边心存好感,于是便朗声应道:"好啊,咱们喝两杯去。"

说话间,两个人来到不远处的一个雅静的小酒馆,要了一个包厢,面对面地坐了下来。酒菜上来后,井边从口袋里掏出一个透明的小玻璃瓶,放在楠根面前。楠根注意到,小玻璃瓶里装着一些白色粉末状的东西,便问:"这是什么?"

井边意味深长地笑笑,说:"这是你最需要的东西——青霉素粉剂。那回贵子小姐发烧时,我曾经试图为她注射青霉素消炎,但皮下试验表明,她对这种药物过敏。"井边说到这里瞥了四下一眼,然后小心翼翼地继续说,"我的意思是,如果让贵子小姐由呼吸道吸入这种粉剂,那么它将很快在小姐体内由呼吸循环进入血液循环,这个后果,我不说你也知道。不过我可以保证的是,对这种意外的死亡,就是最好的法医也休想检验出来。"

楠根心里一惊,他盯着井边的眼睛问:"你这是什么意思?"井边端起眼前的酒杯,一饮而尽,然后避开楠根质询的眼光,低沉地回答道:"楠根君,我不是故意打听你的私事,但我对高见先生留给你的那份遗嘱略有耳闻,坦率地说,我认为那份遗嘱绝对有失公平。当然,今天我之所以向你提供这个小瓶子,绝不是单单为了你的公平,我需要的是金钱的回报。你大概一直都不知道,除了保健医生这个职业,我还是圈内小有名气的赌王。三天前,我刚刚输掉了五百万日元,五百万对我来讲不是一个小数目,但对你而言却绝不是大数字……"

井边还要说下去,楠根却做了个手势,示意对方别说了,他陷入了沉思。大约五分钟后,他终于掏出支票本,"刷刷刷"地填好了五百万元的金额,然后撕下,扔给了井边。

第二天一早,楠根吃完女佣保奈美为他做的早点后,故作随意地到仍在睡梦中的贵子床头看了看,然后趁保奈美不注意,把青霉素粉剂悄悄洒在贵子的枕头、手帕和玩具箱里,然后又假惺惺地叮嘱保奈美一定要好好照顾贵子小姐,这才去公司上班。

整个白天,楠根的心里都是乱七八糟的,他既盼着保奈美的电话,但不知怎么,又有点害怕这个铃声真的响起。时间在楠根内心的煎熬中一分一秒地过去,一直到下班铃响,什么意外也没有发生。带着复杂的心情,楠根驾车回家。走进客厅一看,楠根惊呆了:贵子正在地毯上专心地玩着,而沙发上则坐着三个神情严肃的人：井边、保奈美和竹村。

见楠根回来了，井边首先从沙发上站起来，他从口袋里掏出一张支票交给楠根，楠根一看，正是昨天傍晚自己在小酒馆里开出的那张。井边说："楠根君，我只是遵照竹村先生的安排才这么做的。顺便说一句，我从来不赌博，那个小玻璃瓶里装的其实也只是特制的面粉。"说完，井边冲楠根点一下头，匆匆离去了。

接着，保奈美从沙发上站了起来，她用带着怯意的声音对已像个呆瓜一样的楠根说："先生，你别怪我，我只是按照主人高见先生临终前的叮嘱，在暗中注意你对贵子小姐的态度。我发现，自从你决定和洋子小姐订婚后，你在和贵子小姐单独相处时几次眼露凶光，我就把我的所见告诉了竹村律师。"说完，保奈美也离开了客厅。

最后，竹村从沙发上站了起来，郑重地说道："楠根君，今天发生的一切，其实都是你义父高见先生在订立遗嘱的同时安排的。高见先生要求我，当保奈美告诉我你可能对贵子小姐'不利'时，我必须设计试探你对贵子小姐的感情。坦率地说，我也不知道先生为什么要这样安排，但我相信，他在病榻上亲笔写就的这封信，一定能给你一个满意的答案。"说完，竹村冲楠根鞠了个躬，把手中的一封密信交给他，随后也离开了客厅。

此时，偌大的客厅里只剩下仍在专心玩玩具的贵子及楠根两个人。楠根迫不及待地启封，抽出信笺，展开一看，信是这样写的——

　　孩子，当你看到这封信的时候，我希望贵子仍健康地在你的身旁开心地笑着。因为事实上，她是你的亲生女儿，你没有任何理由伤害她的！

　　有一天，你的妹妹阮文香悄悄问我："爸爸，哥哥的小腹上是不是有一个伤疤？"我说："是的，你问这个干什么？"你妹妹一听就哭了,她哽咽道:"见到哥哥的第一眼起,我就觉得他很像一个人——在东京时那个强行夺取我处女身的人……"孩子,你让我说你什么好呢!其实,你干这些丑事我已有所耳闻,我之所以一直没揭穿你,一方面是因为我不想让你妈妈知道后伤感,另一方面我还担心这样可能会伤害到你那点可怜的自尊。我总想,等你再成熟一点,可能一切都会好的,况且我们对你的不良行为也有不可推卸的责任,过多地给你零花钱,看来反而是害了你啊!

你也许会问,我们凭什么肯定贵子就是你的女儿。这除了你妹妹告诉我你是她的第一个男人,她觉得贵子的眼睛太像你以外,为慎重起见,我还借口给你作健康检查,让井边医生提取了你的血液,悄悄为你和贵子作了亲子鉴定。鉴定结果表明,你妹妹的怀疑没有错。

我一直有一种直觉,那就是你非常害怕你妹妹和贵子母女俩的出现会影响你对我们财产的继承权。其实孩子,你必须明白一个道理:金钱的多寡不是我们生活的最终目的,金钱从本质上讲只是我们追求幸福的一种手段——比如爸爸妈妈因为拥有金钱,就可以收养你和你的妹妹,就可以让先天不幸的贵子无忧无虑地在后天健康地成长……一个人对金钱的追求与享用无可厚非,但如果心存邪念,用不正当的手段去获取,那么它同样可以害人。爸爸特意让竹村律师安排这一场戏,是为了进一步证实我的直觉,也希望你终生记取这一教训。爸爸让你把公司收入的百分之六十划归那个基金账号,除了为保证贵子的健康成长,更重要的是希望你能像爸爸妈妈生前一样,用它们帮助一些需要帮助的人。

爸爸妈妈的在天之灵正默默地注视着你呢,相信你一定不会让我们失望……

看着看着,楠根的视线越来越模糊,不知什么时候起,已经泪流满面。他一把抱起贵子,向设在隔壁房间义父母和妹妹的灵堂走去。他要带着女儿好好地在亲人们的灵前磕头,告慰他们以博爱之心对他的抚养、宽容与教诲。

他知道,他今后该怎么做。

(吕新建)

(题图:魏忠善)

天 堂 石

　　这天用完晚餐,杰姆习惯性地拿起一张报纸,突然,他的眼睛被一条新闻紧紧抓住了。这条新闻的标题是:蒙面盗再次作案,警察局高额悬赏。

　　新闻里说,昨晚午夜时分,刚参加完舞会的克里斯蒂夫人在回家途中遭遇蒙面盗持枪抢劫,身上钱物被洗劫一空,所幸本人并未受到伤害。这是蒙面盗五个月来在天堂谷犯下的第六宗抢劫案,且作案手法相同,对象都是晚归的单身女性。新闻里还说,由于蒙面盗生性狡猾,至今尚未擒获归案,故警察局在此声明,凡提供线索者,最高悬赏一万美元;并警告单身女性,切莫单独外出……旁边是一张蒙面盗的模拟画像:黑礼帽,黑风衣,黑面罩,手持一把左轮手枪,唯一能让人看清的,是一双在帽檐阴影下闪亮的眼睛,犀利、冷酷,令人不寒而栗。

就在这时,电话铃"叮铃铃"响了起来,是梅兹特先生的太太玛莲安打来的,电话那头传来一声美妙的呼唤:"杰姆,亲爱的,今天老头子公司有笔大买卖,要很晚才回家,你马上就赶过来,我好想你哟——"声音动听而又急切,充满了诱惑。

杰姆柔声说道:"好吧,亲爱的,我这就过来。"他干笑一声,挂断了电话。

这个玛莲安,是杰姆在天堂谷天堂庄园勾搭上的一个贵妇人,杰姆之所以费尽心机将她追到手,可不是贪图男欢女爱,他真正的目标其实是梅兹特先生一个成功汽车商的财富。

梅兹特先生是个商场上得意而情场上失意的男人,他以前开了一家汽车销售公司,可谓财源滚滚,然而就在事业如日中天之时,他的妻子却卷走了他所有的财产,跟一个浪漫的意大利人跑了。任何人受此打击,都可能要崩溃,然而梅兹特先生却挺住了,他利用自己的名望和信誉向银行贷款,东山再起又获得了成功,不仅还清了所有的债务,还在天堂谷购置了一套高级别墅,娶了个年轻貌美的金发女郎,就是玛莲安。

可命运似乎总在和梅兹特先生开玩笑,杰姆现在又让他戴上了一顶绿帽子。而且,杰姆还有一个更大的企图,那就是吞噬梅兹特先生的一切财富:豪宅、家产和公司。不是有个成语叫"谋财害命"吗? 为此,杰姆一边寻找下手的机会,一边不断地在玛莲安面前进行心理暗示:只有让梅兹特"意外"死去,他俩才好做长久夫妻。

"现在,"杰姆紧紧盯着报纸上那个蒙面大盗,嘴里喃喃道,"机会来了! 机会来了!"他马上给玛莲安打了个电话,说是有急事,不能过去。而实际上,打完电话,他就背了一个包,悄悄出了门。

通往天堂谷的路上,有个地方叫"天堂石",杰姆赶到这里时已过了午夜。玛莲安曾告诉过他，梅兹特每月总有几天要处理公司的事情，直到凌晨一两点才回家，天堂石是梅兹特回家的必经之地，也是今天杰姆要制造"意外"的地方。

所谓天堂石，说起来并不玄奥，它是开山修路时工人们用山石倚山垒成的一堵一人多高的石墙，上面画了一个箭头，标着几个大字"通向天堂"。梅兹特先生的豪宅就在风景宜人的山腰上，那里就是有名的天堂庄园，是天堂谷富人们的理想家园，一条沿山而上的类似数字"3"的盘山公路，可以让你直达山顶，天堂石就坐落在"3"中间尖角的转弯处，在明亮的路灯下，这里能清晰地看到进山的汽车。

杰姆躲在天堂石背后的阴影里，他打开背包，从里面拿出黑礼帽戴上，又给自己套上黑面罩，穿上黑风衣，手里紧握一根粗木棍，他的目光犀利、冷酷，像幽灵般注视着进山的路口，脑海里一遍遍地预演着他的谋杀计划：

梅兹特的汽车从路口开到这里需要三分钟，他要在三分钟之内，把事先放在路边的一块石头撬到路中央。梅兹特的车如果开得太快，来不及刹车就会撞上石块，然后冲出公路坠入山谷；如果他能及时刹车，那么必定要下车挪开石头，这时，他杰姆就可以从背后对梅兹特来个突然袭击。

夜已经很深了，一辆白色跑车急驰而至，梅兹特终于来了！杰姆心中一阵狂跳，他以最快的速度将石头撬到路中央，然后把木棍一扔，从口袋里掏出一把左轮手枪，躲在石墙后面。随着汽车奔驰的声音越来越近，越来越近，杰姆终于听到了它与石头相撞声，他心里一阵狂喜⋯⋯

没多久，"叮铃铃"一阵急促的电话铃声在天堂庄园梅兹特先生的豪宅里响了起来，玛莲安惊恐地望着电话，好一会儿才使自己平静下来，她努力控制住颤抖的手，拿起了话筒："您好，我是梅兹特太太，请问您找谁？"

"您好,梅兹特太太,我是亨利警长。刚才您丈夫出了车祸——"

"天哪,他怎么啦?"

"他现在在医院里,有话等您过来再说,我已经派人来接您了……"

玛莲安哭丧着脸被接到了医院,胖胖的亨利警长兴冲冲迎上来,握住她的手说:"梅兹特太太,好消息,好消息!您丈夫没事,只是肋骨受了点伤。而且,他还帮我们破了一个大案,真是太意外了!来,您跟我去看看。"

玛莲安脑子里乱哄哄的,她还没有听懂亨利警长的话。刚才来医院的路上经过天堂石时,她看到很多警察在那里,丈夫的新跑车被撞得一塌糊涂,凭直觉她意识到丈夫死定了,可为什么亨利警长说他没死呢?她有点不知所措。

这时,从急救室推出一张活动病床,上面躺着的人身上盖着白布,白布上血迹斑斑,玛莲安看了心里一阵恐惧,吓得连连后退。

可是,躺着的人却突然从床上坐了起来,原来这个人竟就是梅兹特先生。他拉住玛莲安的手,亲吻着说:"天哪,亲爱的,上帝保佑,我又见到你了。你知道吗?我刚才差点死了,我在山路转弯时,突然发现刹车失灵了,又看见前面路上有块大石头,天哪,眼看着就要撞上去,我猛打方向盘……"梅兹特先生显得很亢奋,他一边说,一边做着开车的动作,把活动床弄得"咯吱咯吱"直响,"你知道,我不能向右,那是悬崖,我只能向左打,结果把天堂石撞倒了,真是幸运,车竟然停住了,我只受了点轻伤……"

他还想喋喋不休地说下去,一个年轻警官提了个密码箱走进来,梅兹特先生一见,立刻像泄了气的皮球。年轻警官把密码箱递给梅兹特先生,说:"这是在您的车上找到的,希望没少掉什么。"

梅兹特先生接过箱子,愣了两三秒钟,突然一把握住年轻警官的手,连连说:"谢谢,真是太谢谢了,这里全是重要客户的资料,如果没了,我也就完了。"

警长继续向玛莲安描述案情:"我们在救出您丈夫时,发现天堂石下压着一个人,黑衣黑帽,脸上还蒙着黑罩,手里竟然握着一把手枪。嘿,原来他就是我们要抓的那个蒙面盗!你说奇不奇?我们把他送到医院时,医生说他早就被压死,这真是个离奇的案子。后来我终于弄明白了,我的推理是……"亨利警长得意地挥了挥手,"这个蒙面盗还想作案,但没想到梅兹特先生的刹车偏偏会突然失灵,又偏偏会撞到天堂石……您丈夫无意中为天堂谷除了一害啊!"

梅兹特先生在一旁连忙摇手道:"是的,若不是你们来得及时,我恐怕早就困死在车里了。"

他转向玛莲安:"亲爱的,今天我真幸运啊!"

玛莲安嘴角微微一翘,勉强说道:"你没事就好,好好在医院里检查一下,我明天再来看你。"

梅兹特先生赶紧拉住她的手又亲吻了一番,说:"亲爱的,吓坏了吧?你看上去脸色也不太好。我没事了,别为我担心,你早点回去休息吧!"

他问亨利警长:"对不起,您能送我太太回去吗?"

亨利腆着个大肚子,优雅地点了一下头:"不胜荣幸!"

玛莲安正要跟着亨利警长上车,那个年轻警官赶了过来,报告说:"警长,死者身份已查明,他叫杰姆,并且有前科,来天堂谷一年了。"

亨利警长正待说话,玛莲安已脸色苍白地倒在了地上,口中喃喃道:"上帝啊,快送我回家吧!"

说这话时,玛莲安的肠子都悔青了:她爱杰姆都爱得快要发疯了,她给杰姆打电话而杰姆说不来,她以为杰姆要甩了她,看看梅兹特回家的时间还早,于是她就直奔梅兹特公司,悄悄找到他的汽车,弄坏了上面的刹车系统,然后又神不知鬼不觉地回家……可是没想到竟会阴差阳错,梅兹特没死,却葬送了杰姆的性命。

　　警察们哪里知道个中蹊跷,还以为玛莲安受刺激太大,赶紧小心翼翼把她扶上了车……

　　再说梅兹特先生躺在病床上,安详地闭着眼睛。值班医生过来查完房,就合上门离开了。等脚步声渐走渐远,梅兹特突然睁开眼睛从床上坐了起来,他取出密码箱,轻轻打开,脸上露出一丝诡异的笑容:"如果那个倒霉蛋是蒙面盗,那么我是谁呢?"

　　月光从窗户里照进来,可以清楚地看到,密码箱里赫然放着一顶黑礼帽,一件黑风衣,一个黑面罩,旁边还有一把左轮手枪!

　　原来,自从前妻把梅兹特的财产卷走,梅兹特就对女人恨之入骨,每个月总有那么一两天,他将车停在公司门口,又故意把办公室的灯开得通亮,造成深夜还在办公的假象,然后悄悄从后门溜出去,伺机抢劫单身女子。他并不在乎能抢到多少钱,只不过想用这样的方式为自己寻找一丝痛快。

　　此刻,梅兹特心里想的是:我是该就此罢手呢,还是继续干下去?

　　　　　　　　　　　　　　　　(詹冬华　编译)

　　　　　　　　　　　　　　　　(**题图**:箭　中)